KB162229

장편소설

세월과 강물

장편소설

세월과 강물

마광수 지음

책마루

序詩

흐르다 어느 강기슭에서

무심히 흘러가는 강물
멍하니 강물을 바라보고 있는 나

씁쓸하게 흘러가버린 세월들
나이 따라 사라져간 옛 추억들

기억나는 것은 오직 세상살이의 허무뿐
먼지처럼 날아가 버린 모든 사랑의 판타지

강물 따라 흘려보내고 싶다.
진저리나는 욕망을, 헐떡대는 희망을

흐르다 어느 강기슭에서
강물 따라 내 기억도 무심하게 흘러내리다

2011년 가을

馬 光 洙

차례

1

죽음에 대하여

가장 신기하게 생각되는 것은, 사람들 모두 반드시 죽을 운명을 갖고서 살아가면서도, 막상 죽음 자체에는 거의 무관심하다는 것이다.

아는 사람들이나 그들 부모가 죽어 부음을 전해왔을 때도, 우리들은 대개 귀찮아하며 장례식장에 참석하여 억지로 위로의 말을 전한다. 물론 조위금으로 들어가는 돈도 아까워하면서 말이다.

가장 우습게 생각되는 것은, 특정 종교에 깊이 빠져있는 사람들은 죽은 뒤에도 삶이 계속된다고 확신한다는 것이다. 기독교인들은 죽은 이가 천국으로 갔다고 하면서 애써 태연한 체 가장하고, 불교인들은 극락왕생을 운위하며 불경을 뜻도 모르면서 기계적으로 읊조린다.

이건 정말 웃기는 일이다. 교회에서는 목사가 맨날 죽은 뒤에 갈 '천당'을 얘기하며 헌금을 거둬들인다. 절 역시 비슷하기는 마찬가지다. 그러나 정작 '천당(또는 극락)에서의 삶'이 어떤 형태라고 구체적으로 알려주진 못한다. 그런데도 수많은 신도들은 죽어도 죽지 않는 '영생'을 확신하며 종교에 빠져 들어간다.

무식한 사람들만 그런 미신적 확신을 갖고 있는 것은 아니다. 대학교수 같이 이른바 많이 배운 사람들도 종교가 주는 허무맹랑한 낭설을 쉽게 믿는다. 논문을 쓸 때는 그토록 '논리'와 '증명'을 강조하면서도 말이다.

그런 측면에서 보면 과학이 무지무지하게 발달하여 합리적 지성(知性)이 뿌리내렸다고 자랑하는 지금 21세기라 하더라도 중세기 암흑시대나 별다를 게 없다.

어쨌든 종교는 이렇게 강력한 마취제나 마약 같은 역할을 하여 사람들로 하여금 죽음에 대한 공포심을 누그러 뜨려준다. 그러면서 성직자들은 그 대가로 돈을 벌어먹고 살며 사회적 권위까지 누린다.

수년 전 불교계의 거목(巨木)이라는 성철 스님이 죽었을 때나 최근에 한국 가톨릭의 수장(首長)이었던 김수환 신부가 죽었을 때, 울고불고 난리법석을 치르는 것을 보면서 나는 참 웃기는 일이라고 생각했다. 그런 높은(?) 사람들의 죽음이나 보통 사람들의 죽음이나 뭐가 다르단 말이냐. 아니 더 나아가 인간의 죽음이나 개나 소나 돼지의 죽음이나 뭐가 다르단 말이냐. 인간만 '영혼'이 있고 내세가 있다는 건 정말 후안무치한 이기주의적 발상이 아닌가.

특히 그런 종교계의 거물이 죽었을 때 사람들이 큰 의미를 부여하는 것은 결국 모든 사람들이 그만큼 죽음을 두려워하고 있다는 증거가 아닐까? 보통 때는 죽음에 대해 무관심한 체하고 있다가 그런 거룩한 분(?)들의 죽음에 대해서는 큰 관심을 보이는 것은, 죽은 뒤에도 또 다른 삶이 존재한다고 믿는 까닭에서가 아닐까.

다시 말해서 그런 도력(道力) 높은 종교인은 죽어도 죽지 않고 천당이나 극락에 갔을 거라고 확신하면서, 자기도 종교적 믿음만 가지면 죽어도 죽지 않을 거라고 슬그머니 자위하는 게 아닐까.

그러나 나는 어렸을 때부터 죽음을 두려워하며 큰 관심을 가졌었다. 그러면서 삶 자체를 증오하며 내가 이 세상에 태어난 것을 늘 억울해했다. 철저한 허무주의자의 인생관이었다.

하지만 내가 자랑할 수 있는 것은, 그러면서도 나는 지금까지 60년을 살아오면서 종교를 가져보지 않았다는 것이다. 내 고등학교 동기생들이나 대학 동기생들

가운데는 50살이 넘어서부터 교회나 절에 나가는 친구들이 부쩍 많아졌다. 아무래도 절보다는 교회 쪽이 더 많았는데, 불교는 스스로 공부하여 깨우치기를 종용하는 데 비해 기독교는 그저 주님을 믿기만 하면 죽어서 천국에 갈 수 있다고 목사나 신부가 보증을 서 주기 때문인 것 같았다.

동창 녀석들은 이제 슬슬 죽음을 두려워하고 있었다. 그도 그럴 것이, 내 고등학교 동기동창 350명 중 죽은 애들이 36명이나 된다. 그리고 연세대학교 국문학과 1969학번 동기생 30명 중 벌써 4명이나 죽어버렸다.

허망한 죽음에 대한 좋은 예가 되는 것은 대학 국문과 동기생 C가 될 것이다. 그는 2008년에 그가 근무하던 유명 일간지의 부사장이 되었다. 그래서 동창생들이 모여 축하연을 베풀어줬는데, 부사장이 된지 10개월 만에 급성 암으로 죽었다. 그래서 그 핑계로 우리 동기생들은 다시 그의 시체가 안치된 병원 장례식장에 모여 소줏잔을 기울이게 되었다.

다들 떨떠름한 표정을 해가지고 건강타령을 하고 있었다. 담배를 피우는 친구가 나 말고는 하나도 없는 게 자못 신기했다. 아마 다들 과감하게 담배를 끊은 모양이었다. 대학 다닐 때는 거의가 골초들이었는데 말이다.

또 내가 죽음을 강력히 의식하게 된 것은 2007년에 급성 위출혈(위천공)로 졸도하여 119 구조대의 차에 실려 병원에 입원하게 되었을 때이다. 그러기 두 달 전부터 계속 열이 나는 감기증세가 계속돼 나는 동네에 있는 병원에 가서 감기 치료만 받았었다. 그런데도 통 차도를 보이지 않아 괴로워하고 있던 중에 그런 변고를 만나게 된 것이었다.

이런저런 검사를 해보다가 나는 결국 위 내시경 검사를 받게 되었다. 물론 임시방편으로 정신이 깨어나는 각성제를 복용하고 있는 상태에서였다. 위 내시경 검사는 정말 괴로웠는데, 그 검사를 마치고 나서야 의사가 만성위궤양에 의한 '위장출혈'이라는 진단을 내렸다.

그래서 나는 곧장 입원을 하고 피 주사부터 맞았다. 내 얼굴은 완전히 하얀색으로 변하여 핏기가 하나도 없는 상태였다. 1년 후에는 나와 친하게 지냈던 작사가 박건호 씨가 나랑 똑같은 위출혈로 급사했다. 위출혈은 그만큼 무서운 병이다.

수혈을 받으면서 나는 몸이 아픈 중에도 찜찜한 기분이 들었다. 평생 잔병으로 시달렸지만 수혈을 받은 것은 처음이기 때문이었다. 피 주사로 인해 에이즈가 감염될 수 있다는 얘기를 하도 많이 들어서 더 그랬다.

여러 번 수혈을 받고, 또 완전히 금식하며 영양주사

와 링거액(液) 주사로만 일주일을 견딘 끝에 나는 겨우 살아 날 수 있었다. 의사 얘기로는 위출혈 환자를 그대로 방치해두면 몸 안의 피가 차츰 다 빠져나가 결국 죽게 된다는 것이었다.

그러면서 앞으로는 술·담배를 절대로 끊어야 한다고 겁을 줬는데, 이 글을 쓰면서도 나는 계속 줄담배를 피워대고 있다. 말하자면 '될 대로 되라' 식으로 살아가고 있는 셈이다.

물론 한 달에 한 번씩 병원에 가서 체크를 받고 한 보따리나 되는 위장약을 타와 하루 세 번 복용하기는 한다. 그런데도 나는 그 이후 걸핏하면 위경련이 일어나 병원 응급실 신세를 지게 되는 경우가 많았다.

그리고 나서 내가 다시 한 번 '죽음'에 대해 강하게 의식하게 된 것은 2010년 봄에 있었던 노모(老母)의 '사고' 때문이었다. 88세나 되는 분이라 여러 가지 병에 시달리고 있었는데, 집 밖으로는 못 나가더라도 집 안에서는 그럭저럭 움직이고 걸어 다닐 수가 있었다. 그런데 그만 갑자기 넘어져 엉덩이뼈를 다치는 바람에 꼼짝도 할 수 없는 위급한 상황이 된 것이다.

급히 구급차를 불러 어느 종합병원으로 갔더니 당장 수술을 해 인공관절을 넣지 않으면 피가 안 통해 곧 죽게 된다는 것이었다.

그래서 급하게 수술동의서를 써줬는데(그냥 사인만 하는 게 아니라 나보고 서류 전부를 베껴 쓰게 했다), 의사 말이 마취 중 사망할 확률이 50%나 되고, 설사 수술이 잘 되더라도 치매에 걸릴 확률이 또한 50%나 된다는 것이었다.

그렇다고 당장 목숨이 넘어가는 것을 두고 볼 수는 없는 일. 그래서 나는 그저 수술이 잘 되기만을 바라며 수술실 밖에서 기다리고 있었다.

그때 나는 문득 내가 평생 '마마보이'(홀어머니의 외아들이라 더 그랬다)였던 사실을 상기하고 상당한 공포감에 빠져들었다.

그러면서 묘하게 따라붙는 생각이, '내가 아주 늙어저 지경이 되면 어떻게 하나?'하는 생각이었다. 어머니는 아들과 딸(나보다 7살 많은 누님이 있다)이 있어 수술이라도 시켜드리고 계속 병간호도 해드릴 수 있지만, 나는 독신 이혼남에다 자식도 없는지라 그만 아찔한 생각이 들었던 것이다.

게다가 나는 소설 『즐거운 사라』 필화사건으로 전과자가 돼버렸기 때문에 학교에서 정년퇴직을 해도 연금조차 탈 수 없다. 그래서 나는 그저 내가 긴 병을 앓거나 반신불수가 되거나 치매에 걸리지 않고 어느날 갑작스레 죽어버리게 되기를 마음속으로 빌고 또 빌었다.

어머니의 수술은 다행히 잘 되어 죽지도 않고 치매에
걸리지도 않았다. 그러나 꼼짝도 할 수 없는 신세가 되
어 전속 간병인을 쓰지 않을 수 없었다. 그래서 가계의
지출이 부쩍 늘어나게 되었다.

내가 왜 어려서부터 죽음을 의식하고 두려워했는가
하면, 집안의 분위기가 온통 죽음 – 그것도 비명횡사 –
으로 가득 차 있었기 때문이다.

우선 아버지가 내가 어렸을 때 사고로 죽었다. 그리
고 나의 외삼촌 세 명과 이모 하나가 20대 때 제 명을
못 채우고 죽었다.

외삼촌 둘의 죽음을 내가 직접 목격한 것은 아니다.
나는 1951년, 6·25전쟁이 한창일 때 태어났고 큰 외삼
촌과 둘째 외삼촌은 6·25전쟁 중에 죽었으니까. 그리
고 이모는 6·25 직전에 죽었다.

아버지는 최전방 군대의 군속 사진사로 일하다가 안
전사고로 죽었고, 큰 외삼촌은 육군사관학교 학생 때
6·25가 터져 그 이튿날에 3·8선 부근 전투에서 전사했
다. 그리고 둘째 외삼촌은 1951년에 국민방위군으로
징집되어 나가 훈련 도중에 굶어 죽었다. 당시 국민방
위군(제2국민병) 책임자로 있던 모 장성이 병사들에게

줄 식량을 거의 전부 착복해 먹었기 때문이었다. 그리고 이모는 6·25 직전에 역시 20대 나이로 결핵성 복막염에 걸려 죽었다.

내가 제법 생생한 기억으로 죽음에 대한 공포와 관심을 가지게 된 것은, 초등학교 5학년 때 막내 외삼촌이 군에서 복무하다가 '의문사'를 한 사건이었다(비슷한 시기에, 모시고 살던 외증조모도 죽었다). 물론 그 사건은 공식적으로는 '자살'로 처리되었다. 그러나 우리 집 식구들은 며칠 전에 휴가를 받아 집에 와서 명랑한 표정을 보였던 외삼촌이 자살할 까닭이 없다고 생각하였다. 하지만 그때가 사회 분위기가 살벌했던 5·16 직후인지라 더 따져볼 도리가 없어 그저 억울함만 삼키며 시신을 인도 받을 수밖에 없었다.

어려서부터 나는 외증조모와 외조모, 그리고 어머니와 누나 틈에서 살고 있었다. 외증조할머니는 시집간 지 얼마 안 돼 남편이 사망하여 유복자로 외할머니를 낳았고, 평생 시댁에서 '남편 잡아먹은 년' 소리를 들으며 홧병을 끼고 살았다. 그러다가 딸이 장성하자 시댁을 빠져 나오게 된 것이었다.

외할머니 역시 비슷하게 남편이 죽었다. 외조부가 40대 초반의 나이일 때였다. 그래서 국밥집을 하면서 자식 다섯을 키웠는데, 결국엔 큰 딸인 내 어머니만 남고 자식들이 다 애동청춘에 죽어버리고 말았다.

특히 막내 외삼촌이 군대에서 자살인지 뭔지로 죽은 다음부터 외할머니는 울화병에 걸려 매일 담배를 피우고 소주를 계속 마시면서 살았다.

아버지 쪽의 친조모나 고모 한 명에 대한 얘기는 별로 듣지 못했다. 아버지와 어머니는 다 개성이 고향인데, 남한에 속해 있던 개성이 6·25 이후에 북한 땅이 돼버렸기 때문이었다. 어머니쪽 식구들은 6·25 직전에 서울로 이사를 왔지만, 아버지쪽 식구들은 아버지만 빼고 다 그대로 개성에 남아 있어 연락이 끊어졌던 것이다.

어머니가 맏딸로서 동생들을 돌봐가며 외할머니와 함께 살다가 서울로 오게 된 것은, 큰 외삼촌이 8·15 해방 직후에 극우 활동을 벌였던 '서북청년단'에 자주 끌려가 억수로 폭행을 당했기 때문이었다. 어머니나 외삼촌들은 이데올로기에 대해선 완전히 무관심한 체질이었다. 그래서 큰외삼촌도 청년단에 가입하지 않고 버티다가 너무도 몰매를 맞는 것을 보고, 어머니가 동생을 살리기 위해 급작스레 서울로 이사를 오게 된 것이었다.

아버지는 개성과 서울을 왔다갔다하며 지내다가 6·25 이후엔 남한 땅에 남게 되었고(굉장한 애처가였다고 한다), 그래서 나는 친가쪽 친척들에 대해서는 아는 것이 별로 없었다.

큰외삼촌은 청년단의 횡포에 질려 일종의 방어수단으로 육군사관학교 생도 2기생으로 입학했다고 한다. 말하자면 남한 땅에 대한 애정이나 군인으로 출세하려는 포부 때문에 입학한 게 아니었다.

아무튼 나는 이렇듯 많은 죽음 가운데 에워싸여 어린 시절을 보냈고, 그래서 죽음에 관심을 두며 죽음을 두려워하게 된 것이다.

어렸을 때 내가 가장 무서워했던 공상은 '산 채로 무덤에 묻히는 것'이었다. 어떤 괴기소설집을 보다가 그런 내용을 쓴 「산 채로 무덤에 묻힌 사나이」라는 괴기담을 읽게 되었는데, 나는 너무나 공포에 질려 이틀 밤을 못 잤다.

그러고는 "내가 나중에 늙어서 죽을 땐, 유족들에게 꼭 화장을 해 달라고 해야지……"하고 마음 속으로 수차례 다짐을 하였다. 설사 의사의 오진 등으로 하여 산 채로 죽는다고 해도, 불에 타서 죽는 것이 고통이 오래 가지 않는 '가장 짧은 죽음'이 될 것이라는 생각에서였다.

다행히도 나는 성품 좋은 어머니를 두고 있었다. 어머니는 어떤 종교도 갖고 있지 않았고, 죽은 뒤의 일에 대해서는 "그저 썩어 없어지는 거지 뭐"라고 대답하곤 하였다. 그런 어머니의 '죽음 철학' 때문에 우리 집에서는 누가 죽든 무조건 화장(火葬)이었다. 불교를 믿어서가 아니라 썩어 없어져버릴 육체를 땅속에 매장해서 뭐하나, 하는 믿음 때문이었다.

어머니는 죽은 뒤의 내세도 천당도 극락도 믿지 않았다. 그래서 물론 윤회도 믿지 않았다.

그런 어머니가 있어 나는 참 행복했다. 교회나 절에 나가라고 강요 받지 않았기 때문이다. 모든 종교는 죽음 뒤에 무(無)로 돌아가는 것에 대해 불안이나 공포를 느끼는 사람들을 상대로 장사를 벌리는 거대한 '사기극'이라고 나는 생각한다. 그런데 어떤 특정 종교에 빠져있는 부모를 만나면 어려서부터 그런 사기에 농락당하는 것에 길들여지게 되는 것이다.

종교는 또한 '공포심'을 갖고서 장사를 한다. 신앙생활을 게을리하면 천벌이 내릴 거라는 막연한 공포심이 자신의 복(福)을 비는 기복신앙에 우선한다.

특히 기독교가 더 그런데, 『구약성서』에 나와 있는 '소돔과 고모라의 멸망'이나 '노아의 방주(方舟)' 얘기가 좋은 빌미가 돼주는 것이다.

불교는 그 대신 '윤회'를 가지고서 겁을 준다. 착하게 살며 열심히 신앙생활을 하지 않으면 죽어서 설사 지옥으로 떨어지진 않더라도 비천한 신분의 인간이나 천대받는 짐승으로 다시 태어난다고 으름장을 놓는 것이다.

이슬람교의 교리 역시 기독교나 불교와 비슷하다. 아무튼 모든 종교는 불안과 공포심을 주어 인간의 삶을 피폐하게 만든다는 게 내 생각이다.

한국에는 특히나 교회가 많다. 세계에서 제일 큰 교회가 서울에 있다. 유럽에서는 교회가 없어져가는 추세에 있는데, 왜 유독 우리나라만 그럴까? 가장 이웃에 있는 나라인 일본에는 교회가 거의 없다시피 하는데 말이다.

물론 남북분단이 주는 '전쟁에의 공포'나, 오랫동안 계속되고 있는 '미국과의 정치적 결탁'이 그런 결과를 초래한 원인일지도 모른다.

하지만 나는 그런 현상의 가장 큰 이유가 범국가적인 '합리적 지성의 부재(不在)'에 있다고 본다. 공부를 많이 한 대학교수들에게서조차도 합리적 지성을 찾아보기 어렵다. 이건 내가 꽤 오랫동안 대학교수 생활을 하면서 뼈저리게 느끼게 된 사실이다.

아무튼 나는 '죽음으로서 모든 것이 끝나버리는 삶'에 애증병존의 마음을 품고 있었다.

천국도 지옥도 윤회도 없는 내세라면 굳이 종교에 굴복할 필요도 없고 나의 분신인 자식 생산에 대한 미련도 가질 필요가 없는 것이다.

그러나 다른 한편으로 생각해 보면 아쉬움도 남는다. 특히나 문학을 창작하는 작업에 있어서는 그렇다. 설사 지금은 내 작품이 인정받지 못하더라도 사후(死後)에 가서는 인정받을 거라는 가냘픈 미망(迷妄) 속에 잠겨 모든 작가들은 창작을 한다. 그건 다른 예술 장르도 마찬가지다.

그러나 죽음으로서 모든 것이 끝난다고 보면 그런 희망사항은 정말 부질없는 것이 된다. 윤동주의 시가 지금 최고의 평가를 받고 있다는 것을 내세나 저승에 있는 윤동주가 알고서 흐뭇해할 수 없기 때문이다.

그래서 나는 문학창작의 목표를 오로지 '순간적인 본능의 대리배설'에다 두게 되었다. 단지 창작할 때 느끼게 되는 시원한 배설의 쾌감이 전부라고 생각하게 된 것이다.

똥을 눌 때 사람들은 이 똥이 비료로 쓰일까, 똥개의 먹이가 될까, 그냥 버려질까, 계산하지 않는다. 그저 똥이 마려워서, 똥을 누고 싶어서 눌뿐이다. 시나 소설도 마찬가지다. 나는 노래를 부르다(또는 '썰'을 풀다가) 가면 그뿐인 것이다.

그래서 죽음은 더욱 두려운 존재가 된다. 일찍 죽으면 대리배설을 실컷 못하고 세상을 뜨게 되기 때문이다. 질깃질깃 오래 살면서 계속 똥을 누는 행복감을 맛

봐야 한다.

그러므로 윤동주나 김유정이나 기형도 같이 일찍 요절한 문인들은 괜스런 추앙의 대상이 될 수밖에 없다. 그들은 그저 '제 명을 못 채우고 죽은 불쌍한 청춘'일 뿐인 것이다.

하지만 다시 꼼꼼하게 생각해 보면, 나는 죽음을 두려워했다기보다는 늘 죽음을 의식하고 살았을 뿐이다. 특히 집안 분위기가 나를 그렇게 만들었던 것 같다.

외할머니는 사내자식 세 명이 다 군대에서 비명횡사한 것을 되뇌이며 손자인 나만은 젊어서, 그리고 군대에 가서 죽지 않기를 빌었다. 그래서 외할머니는 이따금 이런 말을 하시곤 했다.

"또다시 6·25 같은 전쟁이 일어나면 우리 광수는 얼굴을 여자처럼 꾸미고 여자 옷을 입혀 가지고 절대로 군대에 내보내지 말아야지."

이렇게 말하면서 외할머니는 삼켰던 담배연기를 긴 한숨과 더불어 오래 걸려 내뱉곤 했다.

그러다가 외할머니는 내가 스물아홉 살 때 죽었다. 외증조모나 외조모나 다 죽을 때 중풍이나 치매 같은 긴 병을 앓지 않고서 갑자기 죽었다. 그렇게 가족에게 폐를 끼치지 않고 죽은 것을 어머니는 늘 고마워했다.

아무튼 '죽음'은 생각하기도 싫은 통과의례다. 나는 나를 그토록 애지중지하던 외할머니가 죽고난 직후에 「석가(釋迦)」라는 시를 써서 〈문학과 지성〉 잡지에다 발표했다. 성인 (聖人)이라 불리는 석가모니라 하더라도 죽을 땐 고통스럽게 허망해하며, 자신의 얕은 깨달음을(즉 '종교'를) 세상에 퍼뜨려 사람들을 현혹시킨 것을 후회할 거라는 내용이었다. 그 시의 전문(全文)은 이렇다.

　한껏 '말' 밖에 더 무엇이 있겠느냐
　내 차라리 한낱 벙어리였으면 좋을 것을.
　인생 팔십은 너무 짧아, 내 이제 허무히 죽어가나니
　뉘 있어 나를 죽음의 고통에서 구원해 주리?
　수만 마디 설법(說法)들이 지금 내게 무슨 소용이 있으랴

　나는 미처 중생을 죽이지 못하였다.
　'말'도 죽이지를 못하였다.
　선(善)도 악(惡)도 미(美)도 추(醜)도 죽이지를 못하였다.

　늙고 지쳐 병들은 이 몸,
　껍질만 남은 더러운 몸뚱어리를 미처 죽이지 못하였다.
　아아, 도(道)를 죽이지 못하였다.

그대들은 먼저 나를 죽여라,
시퍼런 비수로 내 가슴을 찌르라.
희망을 죽여라 해탈을 죽여라

우리들은 새로운 자유를 만들어 낼 순 없다.
다만 자유가 아닌 것들을 죽여야 할 뿐
보이는 대로 보이는 대로 죽여 없애야 할 뿐!

부처를 만나면 부처를 죽여라
나한(羅漢)을 만나면 나한을 죽여라
보살(菩薩)을 만나면 보살을 죽여라

네 부모를 죽여라
친척과 권속을 죽여라, 그리고
사랑을 죽여라
너를 죽여라!

차라리 벙어리라면 얼마나 좋으랴
차라리 백치라면 얼마나 좋으랴
날카로운 식칼 아래, 싱싱한 펄떡임으로
핏방울 흩뿌려, 힘있게 죽어가는 생선 토막이라면,
 −내 얼마나 좋으랴.

그래도 석가는 당시의 짧은 평균수명에 비해 볼 때 꽤 장수를 누린 셈이다. 그리고 석가가 더 예뻐 보이는 것은, 그가 그토록 오래 살면서도 '변절'을 하지 않았다는 것이다.

　오래 사는 건 좋은 일이지만 너무 오래 살다보면 변절하게 되는 수가 많다. 우리나라 지식인과 정치인들의 경우가 더욱 그렇다. 그러니까 이른바 '짧고 굵게 산 사람들', 다시 말해 일찍 요절한 사람들이 받는 과도한 추모는, 그들이 일찍 죽어가지고 '변절할 기회를 박탈당했기' 때문이 아닌가 한다. 한국의 지식인 사회에서는 대개 요절하지 않으면 변절했다. 그래서 나는 오래 살길(물론 건강하게) 바라면서, 동시에 내가 변절하지 않게 되기를 바라고 있다.

　또한 '노탐(老貪)'도 경계해야 한다. 사람은 늙어갈수록 정치적·사회적 권력이나 지위에 대한 탐욕이 늘어난다. 그래서 시인 서정주나 김춘수도 5공 군사정권에 아첨하며 감투를 얻어 썼던 것이다.

　아무튼 인간은 죽으려고 태어났다. 이건 어쩔 수 없는 자연법칙이다. 그리고 죽고 나면 모든 것이 끝이다. 내세고 천당이고 지옥이고 윤회고, 다 없다. 죽고 나면 '말짱 꽝'인 것이다.

　게다가 이제는 '종족보존의 본능'조차 차츰 사라져가

고 있다. 결혼을 안 하고 평생 혼자 살면서 자유를 만끽하려는 사람들이 늘어가고 있고, 설사 결혼(또는 동거)을 하더라도 자식을 낳지 않고서 버텨가는 사람들도 많다.

이런 추세로 가면 출산률이 떨어져 한민족이 자멸해 버릴 거라고 걱정하는 사람들이 많은데, 그런 미래의 일까지 미리 염려할 필요는 없다. 외국인 이민자를 왕창 받아들이면 되기 때문이다. 민족이니, 핏줄이니 하고 따질 때가 아니다. 우선 '현재 나 자신의 쾌락'이 더 중요한 것이다. 또 나는 우리나라가 혼혈국가가 되면 좀 더 융통성 있는 발전이 이뤄지리라고 확신하고 있다. 민족주의는 악(惡)의 원흉이기 때문이다.

다만 몸이 '아프게 오래 사는 것'은 좀 괴롭다. 최근 몇 년 동안에 나는 이(齒)를 11개나 뽑았다. 임플란트를 했다가 실패하여 개피를 보았다. 그리고도 또 새로 이가 고장 나 늘 치통에 시달린다. 이와 잇몸에 나쁘다는 걸 알면서도 하루 종일 줄담배를 피워대면서 말이다.

2

태어남과 살아감에 대하여

나는 타의에 의해서 이 세상에 태어났다. 더 정확한 원인을 얘기하자면 부모가 한 섹스의 부산물로 태어났다.

그래서 나는 고통만 존재하는 이 풍진(風塵) 세상에 태어난 것을 늘 억울해 했다. 내가 태어나자고 자원한 것도 아닌데 뜬금없이 세상에 내던져져 갖은 고생을 하고 있으니 말이다.

내가 태어난 날은 1951년 4월 14일. 한국전쟁 중 1·4 후퇴로 이리저리 쫓겨 다니다가 어느 이름 모를 시골 객지에서 어머니는 나를 의사나 산파의 도움도 없이 그냥 낳았다. 그래서 나는 한창 전쟁 통이라 어머니의 뱃속에 있을 때부터 못 먹었고, 세상에 나온 뒤에도 어머니가 영양부족이라 젖이 전혀 안 나와 모유 한 방울 얻어 먹지 못하고 억지로 겨우겨우 자라났다.

어머니는 나를 임신했을 때 태몽(胎夢)으로 별 꿈을 꾸었다. 맑은 밤하늘에 다른 별들은 하나도 없고, 오직 북극성만 외로이 빛나고 있었다고 한다. 많은 사람들이 태몽을 꾸지만 태몽치고는 희소한 태몽이 아니었나 싶다.

나의 태몽은 내가 평생을 문장가(文章家)로 살아나가게 된다는 것을 예지해 준 듯도 하다. 당나라 때의 시인 이백(李白)이 모친의 태중(胎中)에 있을 때, 이백의 모친은 태몽으로 샛별, 즉 태백성(太白星)을 꾸고서 이백을 낳았다고 한다. 그래서 이백(李白)의 아호가 '태백(太白)'이 된 것이다.

어두운 밤하늘을 밝혀주는 북극성은 찬란한 빛을 갖고 있지만, 홀로 떠 있어 무척이나 외로울 것이다. 나는 태몽에서부터 벌써 처복(妻福)이 없는 것을 암시받았다고 볼 수 있다.

처복뿐만 아니라 '여복(女福)' 자체가 없는 내가, 한평생 '야한 여자' 타령을 하고 있다는 것은 퍽이나 아이러니한 일이다.

내가 세상에 태어나자 어머니는 나를 보고 징그러운 생각이 들었다고 한다. 뱃속에서 이미 너무 여위어 있어서 말라비틀어진 원숭이 새끼 같은 모습이었기 때문이란다.

모유가 안 나오니 우유라도 먹여야 할 텐데 난리 때라 우유를 구할 도리가 없었다. 그래서 내가 먹고 자란 것은 좁쌀 미음뿐이었다.

더군다나 산후 조리를 제대로 못했기 때문에 어머니는 그 이후로 평생 산후병에 시달렸다. 그래서 내가 태어난 4월이 되면 어머니는 늘 온몸이 더 쑤시고 아프다고 호소하면서 "널 낳고 나서부터 이렇게 아프다"는 말을 내가 어렸을 때부터 자주 되풀이하곤 했던 것이다.

그럴 때마다 나는 마음속으로, "흥, 내가 뭐 낳아달라고 부탁이라도 했나? 왜 아픈 탓을 나에게 돌리는 거야?"하고 중얼거리면서 인생살이 자체가 귀찮고 힘들다고 생각하며 투덜거렸다.

어렸을 때부터 나는 많은 병에 시달렸다. 다 뱃속에서, 그리고 어려서 못 먹고 자랐기 때문이었다. 초등학교 때는 당시로는 고치기가 그리 쉽지 않았던 병인 폐병을 앓기도 했다. 또 황달, 축농증, 치질 등을 끼고 살았고, 특히 이(齒)가 약해서 자주 아파 치과에 늘상 드나들어야만 하였다.

태어난 게 억울하다는 생각을 물론 어머니한테 직접 드러내서 말하지는 못했다. 내가 무척이나 마음이 약한 체질이기 때문이었다.

2000년에 일어났던 이른바 연세대 국문학과 교수들의 집단 따돌림으로 인한 '교수 재임용 탈락 소동' 때도, 나는 나의 교수 재임용 탈락 상신을 주동한, 가장 믿고 사귀었던 후배이자 친구인 K교수(그때 학과장직을 맡고 있었다)와 R교수에게 실컷 욕지거리 한 번 퍼부어주지 못했다. 걔네들은 나한테 "야, 너 나가." 라고 말하며 깡패처럼 굴었는데도 말이다. 마음이 약한 내 성격 때문이었다.

그 대신 나는 금세 급작스런 정신적 쇼크에 따른 '외상성(外傷性) 우울증'에 걸려 거의 인사불성 상태로 정신병원에 입원하기까지 했던 것이다.

학교 당국에서 나를 봐주어(연구 실적물이 많았으므로. 나를 이지메 했던 교수들은 내 업적물의 '질'이 형편없다는 이유를 갖다 댔었다) 그 사건은 유야무야 됐지만, 나는 깊은 배신감에 의한 외상성(外傷性) 우울증 때문에 3년 6개월 동안을 휴직상태로 보내야 했다. 그렇게 마음이 약하니 어찌 내가 어머니한테 '낳은 죄'에 대해 따지고 들 수 있었겠는가.

내가 세상에 태어나서 억울하다는 생각은 평생토록 갔고 지금도 변함이 없다. 그래서 나는 결혼을 했을 때도 이혼하기까지 4년간(별거 기간 1년 포함) 절대적으로 피임을 했고, 결혼 전 많은 여자들과 연애를 할 때도 줄곧 오럴 섹스로만 일관했다. 오직 임신시키는 게 두려웠기 때문이었다.

나는 아주 늦은 나이에 가서야 나를 이 세상에 내보낸 부모에 대한 원망을 담은 솔직한 시를 한 편 써서 발표했다. 1997년, 그러니까 내가 46살 때 쓴 「낳은 죄」라는 짧은 시가 그것이다.

　　부모들은 다 죽어 마땅해
　　'낳은 죄'를 저질렀으니까
　　자식한테 미리 동의를 구하지 않고
　　무조건 자식을 낳았으니까
　　부모들은 다 죽어 마땅해
　　정말 대역죄(大逆罪)인
　　'낳은 죄'를 저질렀으니까

그러나 그 이전에 아주 젊었을 때도 나는 '효도(孝道)'라는 윤리에 반발하는 「효도에」라는 시를, 훨씬 부드러운 어조였을망정 대담하게 써서 발표했었다. 27살 때 쓴 시 「효도에」의 전문(全文)은 이렇다

어머니, 전 효도라는 말이 싫어요
제가 태어나고 싶어서 나왔나요? 어머니가
저를 낳으시고 싶어서 낳으셨나요?
'낳아주신 은혜' '길러주신 은혜'
이런 이야기를 전 듣고 싶지 않아요.
어머니와 전 어쩌다가 만나게 된 거지요.
그저 무슨 인연으로, 이상한 관계에서
우린 함께 살게 된 거지요. 이건
제가 어머니를 싫어한다는 얘기가 아니예요.
제 생을 저주하여 당신에게 핑계대겠다는 말이 아니
예요.
전 재미있게도, 또 슬프게도 살 수 있어요.
다만 제 스스로의 운명으로 하여, 제 목숨 때문으로
하여
전 죽을 수도 살 수도 있어요.
전 당신에게 빚은 없어요 은혜도 없어요.
우리는 서로가 어쩌다 얽혀 들어간 사이일 뿐,
한쪽이 한쪽을 얽은 건 아니니까요.
아, 어머니, 섭섭하게 생각하지 말아주세요.
"난 널 기르느라 이렇게 늙었다, 고생했다"
이런 말씀일랑 말아주세요.
어차피 저도 또 늙어 자식을 낳아

서로가 서로에 얽혀 살아가게 마련일테니까요.
그러나 어머니, 전 어머니를 사랑해요.
모든 동정으로, 연민으로
이 세상 모든 살아가는 생명들에 대한 애정으로
진정 어머닐 사랑해요, 사랑해요.

위의 시를 쓸 때만해도 나는 '사랑해요'를 남발해가
며 아양을 부리고 있다. 그리고 나도 결국 세상 풍속에
굴복하여 자식을 낳게 될 거라고 예측하고 있다.

그러나 나는 얼마 후에 가서는 절대로 평생 동안 자
식을 안 낳겠다고 스스로 다짐하게 되었다. 그런 심정
을 나는 그때 집에서 기르고 있던 개에 대한 느낌을 빌
려 「업(業)」이라는 제목의 시로 발표하였다. 내가 28살
때였다.

개를 한 마리 기르기 시작하면서부터
자식 낳고 싶은 생각이 더 없어져 버렸다
기르고 싶어서 기르지도 않은 개
어쩌다 굴러들어온 개 한 마리를 향해 쏟는
이 정성, 이 사랑이 나는 싫다.
그러나 개는 더욱 예뻐만 보이고 그지없이 사랑스럽다
계속 솟구쳐 나오는 이 동정, 이 애착은 뭐냐

한 생명에 대한 이 집착은 뭐냐
개 한 마리에 쏟는 사랑이 이리도 큰데
내 피를 타고난 자식에겐 얼마나 더할까
그 관계, 그 인연에 대한 연연함으로 하여
한 목숨을 내질러 논 죄로 하여
나는 또 얼마나 평범하게 늙어갈 것인가
하루 종일 나만을 기다리며 권태롭게 지내던 개가
어쩌다 집안의 쥐라도 잡는 스포츠를 벌이면 나는 기
뻐진다
내 개가 심심함을 달랠 것 같아서 기뻐진다
피 흘리며 죽어가는 불쌍한 쥐새끼보다도
나는 그 개가 내 개이기 때문에, 어쨌든
나와 인연을 맺은 생명이기 때문에
더 사랑스럽다
하긴 소가 제일 불쌍한 짐승이라지만
내 개에게 쇠고기라도 줄 수 있는 날은 참 기쁘다
그러니 이 사랑, 이 애착이 내 자식 새끼에겐 오죽 더
해질까
자식은 낳지 말아야지, 자신 없는 다짐일지는 모르지만
정말 자식은 낳지 말아야지
모든 사랑, 모든 인연, 모든 관계들로부터 탈출할 수
있게 되도록

이를 악물어 봐야지
적어도, 나 때문에, 내 성욕 때문에
내 고독 때문에, 내 무료함 때문에
한 생명을 이 땅 위에 떨어뜨려 놓지는 말아야지

위의 시의 내용대로 나는 '자식 안 낳기'를 실천했다. 지금 나이가 되도록 그렇게 일관되게(다시 말해서 변절하지 않고) 실천한 것에 대해 나는 큰 자부심을 느낀다.

나는 어려서부터 인생살이에 대해 "인간은 태어나서, 고생하다, 죽는다."는 명제를 가슴 깊이 간직하고 있었다. 그런 비극적 인생관을 가지고 있었기 때문에, 이데올로기든 종교든 사상이든, 그 어떤 것이라도 인간에게 '허망한 희망'을 주는 것은 다 거부할 수 있었다.

그러면서 나는 차츰 일종의 '쾌락주의'를 원칙으로 삼고 살아가게 되었는데, 어차피 고생하다 죽을 바에야 조금이라도 더 쾌락을 맛보다 죽는 게 낫다는 생각에서였다.

나는 '희망'이 '절망'보다 더 두려운 것이라는 걸 직관으로 알 수 있었다. 희망이 무너질 때 사람들은 더 급격한 절망(이를테면 돌연한 자살 같은)의 나락으로 굴러떨어지기 때문이었다. 그래서 나는 되도록 희망을 가지지 않으려고 노력하였다.

학교에 다닐 때도 나는 악착같이 공부하지 않았고, 문학작품을 창작할 때도, 글을 쓰는 순간에 맛보는 카타르시스(대리배설)의 쾌감을 얻으면 그만이었다.

그래서인지 문학을 지망하고서 등단 절차를 거칠 때도 악착같이 덤벼들지를 않았다.

나는 처음엔 최소의 노동량으로 대리배설의 쾌감을 맛 볼 수 있는, 다시 말해서 원고 분량이 적은 시를 지망하였다. 그리고 신춘문예에 응모하기도 하고 유명 문예지에 투고하기도 했는데, 낙방의 고배를 마시더라도 전혀 억울함을 느낀다거나 좌절하지는 않았다. 그저 때가(즉 기회가) 오면 되겠지……, 하는 생각일 뿐이었다. 그러다가 되면 좋고 안 되면 그만인 것이다.

나는 많은 편수의 시를 습작해 본 적이 없다. 그저 가끔 영감이 떠오를 때마다 메모처럼 긁적거려 두곤 했는데, 내 시가 아무래도 야한 내용이 많은 것이라서 신춘문예 같은 데서 당선되기는 어려웠다.

그러다가 1977년 26살 때 대학 은사인 박두진 선생의 추천 형식으로 〈현대문학〉지(誌)를 통해 데뷔하게 되었다. 그렇다고 해서 내가 일주일에 한 편씩 시를 써가지고 박 선생한테 가서 지도를 받는 식으로 문하생으로서의 절차를 밟은 것도 아니었다. 내 주변의 문학하는 친구들 중엔 그런 식으로 차근차근 시창작 수업을 받는 이들이 많았다. 하지만 나는 그런 과정이 아주 귀찮게 여겨져서 실천하지를 못했다.

그러다가 한 번에 10편의 작품을 박 선생께 보여드려 가지고 단번에 추천을 받게 된 것이었다. 내 시의 내용은 당시로서는 상당히 야한 편에 드는 것이었고, 박두진 선생은 철저한 기독교인인데다가 청교도적 윤리를 강조하는 분이어서 별 기대를 하지 않고 갔다. 그런데 박 선생은 의외로 내 시가 퍽 개성적이고 당돌해서 좋다고 하시며 선뜻 추천을 해 주는 것이었다.

그런 점에서 보면 박두진 선생은 자기 시의 스타일만을 제자에게 강요하지 않는 훌륭한(다시 말해서 편협하지 않은) 시인이자 스승이었다.

다만 아쉬운 것은 그분이 평생토록 쓴 시들에는 좋은 작품이 별로 없었다는 것이다. 「해」나 「도봉」, 「묘지송(墓地頌)」 등 초기시 몇 편을 제외하고는 온통 신앙고백 투의 기독교 시 일색이었다. 문학창작에 종교가 얼마나 나쁜 훼방꾼인지를 나는 박두진 선생의 시를 통해서 알게 되었다.

내가 소설이 쓰고 싶어진 것은 30대 중반의 나이가 되고부터였다. 시만 가지고는 마음속의 울화와 욕구를 마음껏 설사시킬 수 없었기 때문이다. 시는 아무래도 '함축미'를 생명으로 하는 것이라서, 변비증 걸린 사람이 낑낑대면서 누는 아주 감질나는 된똥 같은 것이다. 그래서 나는 억압된 감정의 시원한 설사를 소설을 통해서 해보고 싶었다.

하지만 그 나이에 쪽팔리게시리 신춘문예나 유명 문예지 신인 공모에 투고해 볼 수는 없는 일이었다. 그래서 나는 그저 기회가 되면 어떻게 한 번 써봐야지……, 하는 생각으로 세월을 흘려보내고 있었다. 그런데 뜻밖에도 1989년에 소설(그것도 단편이 아닌 장편으로!)을 쓸 수 있는 기회를 우연히 잡을 수 있었던 것이다. 38세 때의 일이다.

1989년 1월에 나는 첫 에세이집 『나는 야한 여자가 좋다』를, 그것도 우연한 계기로 출판하게 되었는데, 그 책이 꽤 많이 팔리고 화제(더 정확히 말하자면 논란과 물의)의 중심이 되었다.

그러자 몇 달 후 유명 문예지인 〈문학사상〉에서 내게 장편소설을 한 편 연재해보지 않겠냐는 제의를 해 왔다. 그래서 나는 이게 웬 떡이냐 하는 심정으로 겁도 없이 200자 원고지로 2000매 가까이나 되는 첫 장편소설 『권태』를 1989년 5월호부터 연재하게 됐던 것이다.

첫 회분 원고 마감 기일이 박두하여, 소설 전체의 플롯이나 줄거리도 확정해 놓지 않고서 무작정 써내려갔던 기억이 아직도 생생하다. 쓰다보면 어떻게 저절로 굴러가겠지……, 하는 생각에서였다. '인생살이'에 대한 나의 태도는 언제나 이렇듯 "그때 그때 가서 벼락치기로 한다"는 것이었다.

아무튼 나는 문학창작을 할 때도 순간적인 카타르시스(대리배설)의 쾌락을 맛보려고 했고, 그 '창작의 순간'이란 것도 어떤 계기를 맞아 '우연히' 이루어진다고 생각했다. 말하자면 악착같이 애써가며 '훌륭한 작품'을 생산해내려고 애쓰지 않았다는 얘기다. 인생 만사(萬事)가, 모두 계획한대로 차근차근 노력하는 데서 이루어지는 것은 아니라고 생각했기 때문이다. 나는 쾌락주의자이기도 하면서 다른 한편으로는 허무주의자였다.

대학 교수직을 평생의 생업(生業)으로 지망하여 대학원에 진학할 때도 나는 '학자로서의 원대한 포부' 같은 걸 가져본 적이 없다. 그저 대학교수라는 직업이 나같이 허약하고 게으른 체질에 딱 맞는, 가장 편한 직업이라고 생각해서 대학원에 진학하여 석·박사 학위를 땄을 뿐이다.

방학이 있다는 점에서, 그리고 대학교의 방학기간은 초중고등학교의 방학기간보다 훨씬 길다는 점에서, 대학교수라는 직업은 내게 가장 편한 직업으로 보였다. 이것 역시 쾌락주의자로서의 내 생각이 반영된 결정이었다고 볼 수 있다.

나는 고등학교 때부터 대학교 학부 및 대학원 시절까지 한 해도 빼놓지 않고 아마추어 연극 활동을 했는데, 목소리가 커서 그런지 늘 캐스트, 그것도 주역으로만 출연했다. 그때마다 무대 위에 섰을 때의 '노출증적(的) 쾌감'이 상당하다는 것을 알게 되었다. 학교 선생이 하는 강의도 일종의 '일인극(一人劇)' 형태를 띠게 되는데, 그런 점이 더욱 나의 장래 지망을 '선생'으로 이끌어갔다. 그리고 이왕이면 더 편하게 쾌감을 얻어 보자는 욕심에서, 중고교 교사보다는 대학 교수를 나의 평생 직업으로 꿈꾸게 했다.

나의 교수생활은 그리 평탄치가 못했다. 『나는 야한 여자가 좋다』라는 책을 냈을 때는(1989) 교수들의 품위를 실추시켰다는 이유로 징계를 받았고, 『즐거운 사라』라는 소설을 냈을 때는(1992) 소설이 야하다는 이유로 역사상 유례가 없는 '긴급 체포'까지 당하면서 감옥소로 가게 되는 바람에 교수직에서 짤리기도 했다. 그리고 국문학과 동료교수들에게 집단 따돌림을 당해(2000) 심한 우울증을 앓을 때는 3년 6개월 동안이나 휴직을 하게도 되었다.

또 나는 실형 선고를 받은 전과자라서 정년퇴직 후에도 연금을 못 받는다. 남들보다 조금 먼저 교수가 된 대가를 나는 혹독하게 치른 셈이다. 인생이라는 긴 코스의 마라톤 경기를 하는 도중에, 나는 장애물을 너무나 많이 만났다. 지금 생각해 볼 때 꽤나 거친 스포츠 경기를 즐긴 것 같은 생각이 든다. 다 팔자소관이려니 한다.

내 경험을 밑바탕 삼아 인생의 후배들에게 건방지게 조언을 하라고 한다면 나는 내가 만들어 낸 사자성어(四字成語)로 '이허수명(以虛受命)'이라는 글귀를 들려주고 싶다. 마음을 텅 비우고 천명(天命)을 받아들인다는 뜻이다. 그 '천명(天命)'이 기독교의 여호와 신(神)이든, 불교의 부처님이든, 아니면 그저 막연히 '하늘의 뜻'이든, 그건 아무래도 상관없다. 나는 종교가 없는 사람이기 때문에, 나한테는 그저 광범위한 의미로서의 '자연(自然)'쯤 되겠다.

여러 시련을 겪을 때마다 내가 다행스럽다고 생각한 것은, 그래도 어쨌든 세월은 강물과 같이 쉼없이 흘러간다는 사실이었다. 어느 노래 제목대로 그야말로 "세월이 약이겠지요"였던 것이다.

모든 고통은 세월이 다 알아서 해결해준다. 설사 암 같은 불치병에 걸려 극심한 고통을 받는다고 해도, 그것 역시 '세월'이 해결해준다. 얼마 후 진정한 휴식으로서의 '죽음'이 찾아와주기 때문이다.

내가 보기에 죽음은 '영원한 잠'이다. 윤회니 내세니 천국과 지옥이니 하는 개념을 나는 절대로 믿지 않는

다. 죽으면 모든 것이 끝난다. 길몽도 악몽도 없는 잠, 절대로 가위 눌리지 않는 잠, 그런 잠을 영원히 잘 수 있다는 것은 얼마나 다행스러운 일인가?

잠자는 시간 없이 계속 노동만 한다고 생각해 보라, 정말 끔찍하지 않은가? 세상에 태어난 것이 억울한 만큼, 죽음은 우리에게 크나큰 선물이 되는 것이다. 죽음 중에서도 긴 병 앓지 않고 졸지에 죽어버리는 것, 그런 급사(急死)는 정말 너무나 고마운 선물이 된다.

한 인간이 삶을 살아가면서 가장 큰 통과의례로 겪게 되는 것은 '결혼'이다. 물론 요즘엔 '독신자 문화'가 생겨나 결혼은 필수과목이 아니라 선택과목 정도로 되었다. 그렇지만 내가 결혼 할 때(1985)만 해도 사회풍속은 결혼을 필수과목으로 인정, 아니 강요하고 있었다.

문득 내가 대학에 다닐 때 유행했던 노래 가사가 떠오른다. 김상희 씨가 부른 〈단벌 신사〉라는 제목의 노래인데, 노래 도중에 "단벌 신사, 우리 애인은 서른한 살 노총각님……"이라는 가사가 나온다. 서른한 살 밖에 안 된 남자를 '노총각'으로 취급했다는 사실이 요즘 시속 (時俗)으로는 정말 믿어지지 않는다.

나는 결혼을 만 34살 때 했는데, 당시로서는 퍽 늦은 결혼이었다. 대개 서른 살 이전에 장가가야 하는 걸로 되어 있었기 때문이다. 여자의 경우엔 25살만 넘어도 자칫 '노처녀' 소리를 얻어듣기 쉬웠다. 요즘보다는 평균 수명이 10여 년 정도 짧았기 때문에 더 그랬던 것 같기도 하다.

그런 세간의 풍습 때문에, 나는 서른 살 이후로 "직장도 안정돼 있는데 왜 아직도 결혼을 하지 않고 있느냐?"는 소리를 참으로 많이 들었다. 사실 나는 인생관자체가 허무주의자라서 2세(二世)의 출산을 주된 목적으로 삼는 결혼이 탐탁하게 여겨지지 않았다. 그래서설사 결혼을 하더라도 자식만큼은 낳지 않아야 한다고생각했다.

그러던 내가 34살 되던 해 12월 연말에 급작스럽게결혼을 하게 된 까닭은, 그때까지 내가 오랫동안 정신적으로(!) 사모해왔던 여자가, 더 이상 노처녀 소리를듣기 싫다는 이유로 해를 넘기기 전에 결혼을 해버리자고 종용했기 때문이다. 그 여자는 나보다 한 살 어렸는데도, 주변 사람들로부터 지긋지긋하게 노처녀 소리를얻어들은 모양이었다.

그래서 내가 결혼 후 최소 3년간은 임신을 하지 말기로 약속하자고 다짐을 두고 나서 우리는 12월 중순에부랴부랴 결혼식을 올렸다.

결혼하고 나서 딱 6개월 동안 행복했다. 그토록 오랫

동안 사모하고 흠모하고 연모했던 여자가 내 마누라가 되어 있으니 행복하지 않았을 리 있겠는가?

하지만 그 이후로는 내겐 결혼생활이 '지옥'이었다. 마누라한테 싫증을 느껴서도 아니고 흔히들 말하는 성격 차이나 성적(性的) 차이 때문도 아니었다. 나는 다만 결혼이 주는 구속감에 진저리를 치게 되었고 '자유'가 사무치게 그리웠던 것이다.

그래서 우리는 이러저러한 복잡한 절차를 거쳐 1990년 1월에 합의 이혼을 하게 되었다. 자식이 없었기 때문에 별 후유증 같은 것도 없어 다행이었다.

세월이 강물처럼 쉬임없이 흘러가게 되면 옛날이 반드시 그리워지게 된다. 그렇지만 내게 있어 전(前) 마누라만은 해당사항이 못 되었다. 결혼 할 때까지는 거의 10년 가까이 연모해 마지않던 여자를, 단지 결혼이라는 '감옥'을 거쳤다는 이유로 나는 절대로 그리워하지 않게 된 것이다. 내가 생각해봐도 정말 신기한 일이다. 아마 그래서 "결혼은 사랑의 무덤"이라는 말이 나왔으리라.

짧은 결혼 생활이 내게 안겨 준 소득이 있다면, 별거하는 1년 기간 동안 내가 아주 긴 장편 소설 한 편을 탈고하여 출판하게 되었다는 것이다. 그 소설의 제목은 『권태』였다.

사람의 삶은 세 가지 요소로 구성된다. '일'과 '사랑(또는 결혼)'과 '놀이(또는 취미활동)'가 그것이다. 세 가지를 다 만족시키면 그 사람의 삶은 이른바 '성공적인 삶'이 된다.

그런데 나는 '일(교수생활)'에서 풍파가 많았고 '결혼'에서도 풍파가 많았다. 그래서 나머지 하나 남은 '놀이'가 앞으로의 내 삶에 즐거운 쾌락을 선물해 주기를 바라는 심정이 되었다.

나의 '놀이', 즉 취미활동으로 첫 번째로 꼽을 수 있는 것은 단연 '미술(그림 그리기)'이다.

올해(2011)만 해도 나는 다섯 번의 미술 전시회(초대전)를 가졌다. 개인전이 세 번이고 2인전이 한 번, 3인전이 한 번이다. 아마추어 화가에 불과한 나로서는 감지덕지할만한 경사였다. 그림은 팔리면 좋고, 안 팔려도 그만이었다.

미술은 문학에 비해 그렇게 쩨쩨하지가 않다. 문학은 '문법'이란 게 있어 형식의 지배를 받지만 미술은 미술의 문법이란 게 없어 그냥 즉흥적으로 그려도 된다. 언젠가 예술가들의 평균 수명을 조사한 통계 자료를 보니까, 제일 오래 장수하는 예술가가 미술가였고 제일 단명한 예술가가 소설가였다. 작가는 문법이나 어법(語法)에 일일이 신경 써야하므로 스트레스가 많아 빨리 늙고 빨리 죽는다.

게다가 문학에서는 도무지 '반복적 재탕'이 허용되지 않는다. 그런데 미술에서는 똑같은 소재를 가지고 그저 조금씩만 변형시켜 재탕해 먹어도 전혀 욕을 얻어먹지 않는다. 그러니 미술가가 제일 장수할 수밖에 없다. 물론 에곤 쉴레나 모딜리아니나 고흐 같이 단명(短命)한 사람들도 가끔씩 있었지만 말이다.

살아서도 유명했고(그래서 돈도 많이 벌었고) 죽어서도 유명한(말하자면 제일 부러운 아티스트인) 샤갈은 98세까지나 살았다.

…… 글쎄…… 그저 취미 활동으로 미술을 하는 내게도 그런 '건강의 공식(公式)'이 적용될 수 있을까? 하긴 그저 오래 사는 게 아니라 '건강하게' 오래 살아야겠지만 말이다. 사람들이 보통 피우는 담배보다 훨씬 더 독한 담배를 하루에 3갑씩 자학적으로 피워대는 나로서는, 아무리 생각해봐도 취미활동으로서의 그림 그리기가 건강이나 장수에 별 영향을 미칠 것 같지가 않다.

인생의 종반기에 접어들어 있는 내가 지금까지의 삶에서 결론 내릴 수 있는 게 있다면 그것은 한 마디로 "인생은 더러워"쯤 되겠다. 그 더럽고 고생스러운 인생을 죽음 이후까지 연장시켜 보려고 아등바등 애쓰는 종교인(특히 기독교)들이 나는 오히려 측은해 보인다. 설사 영생(永生)이 찾아와 준다고 해봤자, 그리고 그것이 천국이나 극락에서의 삶이라고 해봤자, 뭐 그리 대단한 쾌락을 누릴 수 있을 것인가.

그러므로 지금 현재 구차한 삶에 대해 내가 갖고 있는 생각은 "죽지 못해 산다"이다. 나는 젊은 시절부터 일찍 용감하게 자살하는 이들이 부러웠다. 그래서 28살(1979) 때에는 「자살자(自殺者)를 위하여」라는 시를 써서 발표하기도 했다.

우리는 태어나고 싶어서 태어난 것은 아니다
그러니 죽을 권리라도 있어야 한다
자살하는 이를 비웃지 말라
그의 좌절을 비웃지 말라
참아라 참아라 하지 말라
이 땅에 태어난 행복,
열심히 살아야 하는 의무를 말하지 말라

바람이 부는 것은 바람이 불고 싶기 때문
우리를 위하여 부는 것은 아니다
비가 오는 것은 비가 오고 싶기 때문
우리를 위하여 오는 것은 아니다

천둥, 벼락이 치는 것은 치고 싶기 때문
우리를 괴롭히려고 치는 것은 아니다
바다 속 물고기들이 헤엄치는 것은 헤엄치고 싶기 때문
우리에게 잡아먹히려고,
우리의 생명을 연장시키려고
헤엄치는 것은 아니다

자살자(自殺者)를 비웃지 말라
그의 용기 없음을 비웃지 말라
그는 가장 용기 있는 자
그는 가장 자비로운 자
스스로의 생명을 스스로 책임 맡은 자
가장 비겁하지 않은 자
가장 양심이 살아 있는 자

3

고독하게 살며

술을 마시다 말고 문득 소라가 말했다.

"특급 호텔의 바(bar)라고 해도 이곳은 물이 너무 후지군요. 나이 많은 남자들이 너무 많아요. 난 젊은 남자들이 있는 곳에 가고 싶어요."

따지고 보면 일부러 쏟아내는 심통도 아니었다. 내가 봐도 나만큼 나이가 많은 50대 늙은이들이 너무 많았다. 나도 늙었지만 늙은이들 사이에 있는 건 싫었다. 그래서 나는,

"그럼 역시 청담동으로 가야겠군. 우선 소라의 젊은 파트너가 필요할테니까. 김훈이 요즘 '오르가즘' 클럽

에서 매일 저녁 죽친다니까 내가 한 번 핸드폰으로 연락을 해보지."

하고 말했다. 김훈은 우리와 꽤 자주 만나는 편인 시인이자 행위예술가인데, 현재 서른 다섯 살이었다.

김훈은 '시인'을 겉간판으로 내세우고서, 실제로는 가요 가사를 많이 써서 돈을 벌고 있었다. 요즘 애들의 이른바 '쿨한' 감각에 맞는 얄쌍하고 두루뭉수리한 내용의 가사를 잘 썼다.

그가 하는 행위예술이란 것은 대개 시 낭송에 퍼포먼스를 곁들이는 것인데, 일종의 '반짝 쇼'를 겸한 '인기유지 작전'이었다. 별 의미도 없어 보이는 기괴한 동작이나 에로틱한 동작에 맞춰 거칠고 폭력적인 음색으로 시나 노래 가사를 절규하듯 읊어댔다. 그리고 복장이나 장신구도 아주 선정적이고 기이한 것들로만 걸쳤고, 평소에도 반지나 팔찌, 귀걸이나 목걸이 등을 여러 개씩 하고 다니고 있었다.

얼굴이나 체구는 그저 그런 수준이었다. 그렇지만 워낙 기인(奇人)이 드문 한국사회라서 그런지, 그의 대책 없이 난해한 시나 현학적이고 파괴적인 노래 가사는 그런대로 매스컴의 조명을 받고 있었다. 그리고 꽤 많은 숫자의 젊은 여성 팬을 확보하고 있었다.

전화를 해보니 김훈은 역시 '오르가즘'에 있었다. 그곳이 너무 시끄러워 더 자세한 얘기를 할 순 없고 해서, 소라와 함께 가겠다고 말하고 나서 전화를 끊었다.

'오르가즘'에 도착해서 보니 역시 물이 좋았다. 촌스러운 중년 남자들이나 아줌마들만 오는 카바레도 아니고, 그렇다고 나이가 조금만 많아도 문전박대를 하는 강남의 신세대 나이트클럽도 아니었다. 젊고 예쁜 남녀들과 적당히 나이 먹고 세련된 남녀들이 보기좋게 뒤섞여 있었다. 더욱이 내 맘에 들었던 것은 음악을 다양하게 틀어준다는 점이었다.

'오르가즘'에 들어섰을 때 흘러나온 음악은 아바의 〈Dancing Queen〉이었다. 이어서 최신의 테크노 음악으로부터 오래된 재즈에 이르기까지, 그리고 빠른 디스코 곡과 느린 블루스 곡이 적당히 섞여 나왔다. 요즘 '클럽'치고는 꽤나 플렉시블(flexible)하면서도 자유로운 분위기를 맛볼 수 있는 장소였다.

자유롭게 춤추며 놀 수 있는 이른바 '클럽'은 애초에 홍익대 앞에 생겼다. 홍익대 앞에 처음으로 생긴 클럽은 내가 알기에 '발전소'라는 곳이다. 나이에 제한을 두지 않고 음악을 옛날 것, 요즘 것 다양하게 틀어주어, 내가 친구들과 자주 갔다. 그 뒤로 '발전소' 주변에 우후죽순처럼 많은 클럽들이 들어섰다. 하지만 나중에 가서는 대개 테크노 뮤직 중심으로 변했고, '발전소'조차 요즘 유행하는 곡만 틀었다. 말하자면 '블루스 춤'을 출 수도 없고 흥겹게 리듬을 따라가며 '디스코 춤'도 출 수 없는, 혼자 와서 거울을 보며 고갯짓만 해대거나 기계 적인 동작만 되풀이해대는 대학생 또래의 애들만 모여 드는 재미없는 클럽으로 변하고 말았던 것이다.

그런데 청담동의 '오르가즘'은 전혀 딴판이었다. 말 하자면 '다원성(多元性)'을 띠고 있었다.

나는 우리 한국사회에서 절대적으로 필요한 것이 '자 유'와 '다원'이라고 생각한다. 우리 문화는 모든 것이 너무 획일적이고 유행 추종적이다. 겉으로 야하게 차리 고 다니는 젊은 남녀들이라고 해도, 모두들 새 '유행'만 을 비굴하게 쫓아가고 있다.

그것은 예술이나 학문 역시 마찬가지다. 외국서 갓 나와 미처 검증도 되지 않은 예술사조나 철학사조('포 스트모더니즘'이나 '마술적 리얼리즘', 또는 '라캉'이 나 '들뢰즈'의 최신 프랑스 철학 같은 것이 좋은 예다) 를 사대주의적 자세로 흉내내는 자들이 가장 참신한 예 술가나 지식인으로 대접받는 사회가 바로 한국사회다.

'오르가즘'에 들어섰을 때 김훈은 보이지 않았다. 다 만 이상태가 젊은 아가씨와 함께 몸을 흔들어 대고 있 었다. 김훈이 어디로 갔느냐고 물으니 나미를 마중하러

나갔다는 것이었다.

나미와 김훈이 벌써 친해진 것 같아 질투심까지는 아니지만 약간 야릇한 기분이 들었다. 나미에게 김훈을 소개해준 것이 얼마 되지 않았기 때문이었다. 나미가 온다는 말을 듣자 소라도 얼굴이 조금 굳어졌다.

얼마 후 김훈이 나미와 팔짱을 끼고 나타났다.
"어머, 마 교수님이 오셨군요. 그리고 소라 씨도요."
하고 나미가 티없이 밝은 표정으로 말했다
"반가워. 나미"
하고 내가 말했다.
"나미 씨가 이곳을 구경하고 싶다고 해서요."
하고 김훈이 말했다.

나는 김훈이 나미를 바라보고 있는 눈초리를 지켜보았다. 어두운 조명 아래서도 그의 눈동자가 성욕으로 물결치고 있다는 것을 역력히 알 수 있었다. 나는 그의 얼굴이 둥글넓적하다는 것을 새삼 확인하며 왠지 모르게 화가 났다. 얼굴이 아주 둥글넓적하게 생긴 사람은(김훈에 비하면 자기의 외모에 은근한 열등감을 갖고 있는 소라의 얼굴은 오히려 갸름한 편이다) '예술적 끼'가 없는 법이다. 그런 자가 끼 있는 예술가인 체하며 '실험 예술'을 빙자한 '엉터리 사기극'을 연출하고 있고,

우리 사회가 그것에 촌스럽게 속아 넘어가고 있다는 사실이 새삼 나를 화나게 만들었다.

　나미를 처음 만나는 것이 아닌데도, 그녀를 본 순간 나는 새삼스레 '관능적 경탄'의 감정에 빠져 들었다. 나는 전에 그녀를 처음 만났을 때도 보자마자 '사랑'에 빠져 허우적거렸었다. 따져서 생각해 보면, 내가 나미를 처음 보자마자 '사랑'하게 됐다는 말 자체에도 사실 어폐가 있다. '사랑'이라기 보다는 '관능적 흥분'이나 '기분 좋은 발기(勃起)'라는 말이 더 적당할 것이다.

　나는 참된 에로티시즘은 '사정(射精)'이 아니라 '발기(勃起)'에 있다고 늘 생각해왔다. 순진하게 농염한 얼굴과 길디긴 손톱이 그로테스크하게 조화를 이룬 나미의 모습은, 나의 '상상적 발기'를 최대한도로 가능하게 해주었다. 다시 말해서 오르가즘의 순간을 가슴 두근거리며 기대하게 하는 시간을 한없이 연장시켜 주었다.

　이것은 여성의 경우도 마찬가지라고 생각한다. '사정(射精)'이란 말을 '수정(受精)'이란 말로 바꾸기만 하면 되기 때문이다. '발기'는 여자나 남자나 같다. 여자는 '페니스' 대신 '클리토리스'가 발기하는 것이 다를 뿐이다(보지 같은 것은 성기 축에도 들지 못한다. 그것은 그저 아이 나오는 '구멍'에 불과하다). 다시 풀어서 설명하자면, 여자에게 있어 참된 에로티시즘은 '수정'이 아니라 '발기'에 있다.

나미는 오늘따라 더욱 그로테스크한 관능미를 발휘하고 있었다. 그녀는 머리카락을 수십 개의 가닥으로 땋아 이른바 '레게' 퍼머를 하고 있었다(여러 해 전 〈TEN〉이라는 영화에 '보 데릭'이 그런 머리를 하고 나와 세계적인 화제를 불러일으켰던 헤어스타일이다).

가닥가닥 땋은 머리 중간부터 번쩍이는 구슬과 방울들을 엮어 넣은데다가, 길디긴 머리가 종아리까지 흘러내렸기 때문에 그녀가 움직일 때마다 영롱하고 유쾌한 소리가 났다. 또한 수십 개의 머리가닥이 연두색, 보라색, 노란색, 초록색, 은색, 금색 등 각기 다른 색으로 염색돼 있어. 마치 화려한 무지개를 보고 있는 것 같은 느낌이었다.

나미는 까만색 아이섀도와 금빛 나는 야광 (夜光) 립스틱을 바르고 있었다. 아이라인으로 길다란 선을 가로그어 이집트 식으로 화장한 눈 아래 위로는 빗자루 같은 오색 인조 속눈썹이 붙어 있었다. 창백하게 하얀 얼굴에 까만 눈두덩과 금빛 입술은, 기막히게 섹시한 분위기를 만들어 냈다.

그녀의 작은 얼굴은 흡사 커다란 솜사탕 더미 위에

장난삼아 얹어 놓은 백설공주 인형처럼 몹시도 동화적인 느낌을 주었다. 그녀가 걸치고 있는 옷이 참으로 절묘했다. 커다랗게 확대된 비누거품 모양으로 구겨서 부풀린 시폰 소재의 흰색 겉옷은 너무나 컸다. 그래서 어디가 어깨이고 어디가 겨드랑이인지, 어디가 가슴이고 어디가 골반인지 알 수가 없었다. 하지만 그녀의 가늘디가는 손가락들만은 도도하게 요염한 모습을 드러내고 있었다.

그녀의 손톱들은 족히 10센티미터는 돼 보였다. 블랙 라이트 조명 때문인지 그녀의 손은 너무나도 하얘보였고, 그래서 손끝에서 길게 뻗어나가 밤하늘의 은하수처럼 매끄럽게 광채를 발하고 있는 휘황찬란한 손톱들이 너무나도 아름다워 보였다. 정말 야한 백설공주와 같은 아름다움이었다.

그녀를 처음 만난 것이 아닌데도, 나는 거듭 그녀의 길디긴 손톱에 눈이 팽 돌아갔다. 손톱들이 손끝에서 길디길게 뻗어나가 있었다. 구부러들며 휘어진 정도가 들쭉날쭉한 것을 나는 다시 한 번 확인했다. 역시 모조 손톱을 붙인 게 아니었다.

열 개의 손톱들은 각각 다른 빛깔의 매니큐어로 채색되어 있었고, 파란색, 까만색, 황금색, 노란색 등 현란하고 그로테스크한 색깔의 매니큐어 위에는 자잘한 은색 반짝이들이 붙어 있었다. 특히 왼손 새끼손가락과 집게손가락, 그리고 오른손 엄지손가락과 가운데손가락의 손톱 끝에 구멍을 뚫고서, 작은 다이아몬드들로 이어진 10센티미터 가량 되는 길이의 체인을 늘어뜨리고 있는 것이 인상적이었다.

그녀는 손을 움직일 때마다 손톱이 다칠까봐 조심스러워하는 모습을 보였는데, 아주 습관화된 동작이라 무척이나 우아하면서도 나태스러워 보여 나의 성감대를 자극시켰다. 주로 두 손을 무릎 위에 포개고 있었는데, 날카로운 손톱 끝이 손등을 찌르지 않도록 손가락들을 부챗살처럼 쫙 펴고 있는 모습이 소름끼치도록 고귀해 보였다. 가끔씩 손을 움직일 때도 그녀의 손가락들은 마치 너울너울 느린 무용을 하고 있는 것처럼 보였다.

나는 요즘 지식인들이 '정신'이나 '지식'의 '상품화'는 필요하다고 말하면서, '몸의 상품화'를 부정하려 드는 것은 모순이라고 생각한다. '몸의 상품화'는 '관능미의 상품화'로 발전하고, 이를 통해 성(性)은 '지배(혹은 소유)'와 '피지배(또는 피소유)'의 구조를 벗어나 '탐미적 완상(玩賞)' 위주의 아름다운 에로티시즘으로 구현될 수 있다는 게 내 생각이다.

이럴 경우 '페티시(fetish)'의 역할이 매우 중요하다.

'긴 손톱'에 내가 특별히 집착하는 이유는, 그것이 인간의 폭력성을 완화시켜 주거나 아예 없애 줄 수 있기 때문이다. 나는 그것을 '유미적 평화주의'라고 부르는데, 이를테면 손톱을 아주 길게 기른 여성은 손톱이 부러질까봐 겁을 내어(또는 손톱이 부러지는 게 아까워) 남자를 쉽사리 할퀼 수 없는 것과도 같은 이치다.

이것은 '긴 머리카락'의 경우도 같다. 만약 모든 나라의 군인들에게 머리를 아주 길게 기르도록 한다면, 머리를 가꾸고 관리하는데 공을 들이지 않을 수 없게 되어 싸움을 하지 않게 되거나 싫어하게 될 것이고, 결국에 가서는 전쟁 자체가 없어질 것이다.

나는 나미를 보는 순간 오늘따라 온몸이 짜릿해졌다. 마음에 드는 클럽의 분위기와 조금은 질투의 대상이 되는 김훈이라는 존재, 그리고 그 짜릿한 느낌이 하나가 되어 왠지 모를 흥분이 느껴져 왔다.

그 흥분은 나미가 시폰 코트를 벗고 날씬한 몸매를 드러내자 더욱 달아올랐다. 새하얀 빛의 긴 목에는 태국의 어느 지방 원주민 여자들이 목을 늘이기 위해 사용하는 여러 개의 목걸이와 같은 가느다란 황금빛 링 수십 개가 겹겹이 둘려 있었다. 링들이 그녀의 목을 옥죄고 있는 것처럼 보여 사디스틱한 쾌감이 왔고, 그런 느낌은 그녀가 목을 살짝 뒤틀 때마다 더욱 커졌다.

그녀는 브래지어나 팬티를 걸치지 않은 채, 유방이 거의 다 노출될 정도로 가슴을 깊게 판 노란색 망사 재킷 하나만을 걸치고 있었다. 느슨하게 짜진 망사의 느낌이 독특해서 내가 무슨 재질로 만든 거냐고 물어 보니까, 사람의 머리털로 만든 것이라고 했다. 속이 훤히 비쳐 보이는 재킷은 쓰리 버튼으로 되어 있었지만, 단추를 하나도 잠그지 않은 상태로 그냥 열어 놓고 있어 커다란 유방과 배꼽이 다 드러나 보였다.

엉덩이 위를 살짝 덮은 재킷의 허리 부분에는 금속으로 만든 벨트가 느슨하게 둘러 있었는데, 남자의 발기한 음경과 똑같은 모양으로 된 장식들이 은빛나는 가는 고리에 의해 연결돼 있었다. 허리를 두르고 남은 부분은 불두덩 부근에서 매듭지어져 허벅지 윗부분까지 늘어져 있었고, 대롱대롱 매달려 있는 몇 개의 음경이 그녀의 음부를 살짝살짝 가려주고 있었다. 주변에서 춤을 추고 있던 몇 명의 남자들이 음부 근처에서 대롱거리는 그녀의 벨트 끝자락을 뚫어져라 응시하고 있는 게 보였다.

투명한 비닐로 만들어진 샌들형 뾰족구두는 발목을 감싸는 부분과 굽 부분이 황금빛으로 반짝거리고 있었고, 나머지 부분은 투명한 바탕에 금박이 뿌려져 있어 그녀의 긴 발가락과 긴 발톱이 더욱 신비스럽게 보였다. 5센티미터쯤 돼 보이는 그녀의 발톱에는 모두 새빨간 매니큐어가 칠해져 있었다. 그리고 양쪽 발목에는 목에 걸려 있는 링들과 똑같은 모양의 황금색 발찌들이 10여개씩 걸려 있었고, 가느다란 은빛 체인이 두 발목을 팽팽하게 연결시켜 주고 있었다.

우리는 다 같이 맥주를 한 잔씩 마시고 난 뒤 춤을 추었다. 오래 전에 유행했던 춤 곡인 〈Fame〉이 나오고 나서 곧장 이사라의 최근 노래인 〈몸 전체로 사랑을〉이 나오는 다양한 선곡이, 넓은 홀 안의 분위기를 유쾌하게 만들었다.

〈몸 전체로 사랑을〉은 나미와 김훈과 이상태만 추었다. 뒤이어 〈Help me make it through the night〉이 나오자, 나는 겨우 나미와 블루스 춤을 출 수 있게 되었다.

"요즘 김훈과 자주 만나나 보지?"

하고 내가 나미에게 물었다.

"귀여운 사람이에요. 힘도 세구요. 어젯밤엔 다섯 시간 동안이나 정(情)을 나눴어요. 마 교수님도 소라 씨와 자주 만나나 보죠?"

얼굴이 넙데데한데다가 기름기까지 많고 속물끼가

있는 엉터리 실험 예술가가 뭐가 귀엽단 말인가? 힘이 좋아서? 나는 비위가 상하는 것을 간신히 참으며 그녀의 물음에 대답했다.

"오늘 의논할 일이 있다고 해서 만났어. 소라는 요즘 상사병에 걸려 있지. 근데 소라가 좋아하는 남자 모델이 하필이면 게이야. 오늘 오후에 그 모델을 만나 봤는데, 그 자가 나를 보고 흥분하는 것 같더군."

"마 교수님이 우람한 체형이 아니라 가냘픈 체형에 예쁘게 생긴 얼굴인데도 그런 것을 보면, 그 게이의 미감(美感)이 상당한 것 같군요."

"놀리지 마. 나미는 힘이 센 남자가 좋다면서?"

"제가 언제 힘센 남자만 좋다고 했나요. 그런 남자도 귀엽다고만 말했지요."

옆을 보니 이상태는 아까 춤을 추던 아가씨와 함께 엉겨붙어 돌아가고 있었고, 김훈 역시 한 아가씨를 껴안고서 꽤나 에로틱한 춤을 추고 있었다. 다만 소라만 혼자 앉아 담배를 피우고 있었다. 나는 김훈을 화제로 나미와 더 이야기하기도 뭣하여, 춤을 추다 이상태와 부딪치자 그를 보고 물었다.

"웬 아가씬가? 괜찮게 생겼는데."

"오늘 저녁 여기 와서 꼬셨지. 지금 3수생이래 . 노는

끼가 대단한 애야. 얼굴도 그만하면 괜찮고."

"그럼 김훈과 같이 춤을 추고 있는 아가씨?"

"이곳에 단골로 오는 여자지. 걔는 4수중이래. 말이 3수 4수지 다들 부모 돈 가지고 열심히 노는 애들이지 뭐."

"하긴 그런 애들이 대학생보다는 데리고 놀기에 편하지. 다음 번에 소라하고도 좀 춤을 춰 주게. 너무 안돼보여."

"자네가 춰줄 일이지, 왜 나한테 미루나?"

"소라는 오늘 나한테 약간 토라져 있어서 하는 얘길세."

이때 우리의 대화에 나미가 끼어들었다.

"소라 씨의 울적한 마음을 풀어주려면 이상태 선생님 가지곤 안돼요. 훨씬 젊은 영계라야지요. 제가 이따가 한 번 물색해 가지고 소라 씨한테 소개해 줄게요."

"그럼 나미도 영계만 좋아하나? 그래서 김훈하고 잔 거야?"

"김훈 씬 아주 젊은 영계도 못되고 안정감 있는 노계(老鷄)도 못돼요. 그저 '힘 좋은 기계'라고나 할까요."

나미의 말에 내 기분이 좀 풀렸다. 곡이 끝나고 새 블루스곡이 나오자 김훈이 냉큼 나미 앞으로 왔다.

"나미 씨, 저하고 한 번 추실까요?"

나미는 그에게 얄쌍한 미소를 보냈다.

"죄송해요. 잠깐 쉬며 소라 씨 파트너를 물색해 보고 싶어요. 그동안 소라 씨하고 추시죠."

김훈은 군말 않고 금세 소라 앞으로 갔다. 이럴 때의 그는 꼭 나미의 몸종 같아 보였다. 소라는 별로 내키지 않는 표정으로 김훈과 블루스를 추었다. 곡이 끝나자 곧이어 〈Anada cha cha〉가 흘러나왔다. 차차차 리듬에 디스코 리듬을 섞은 예전 노랜데, 내가 대학 다닐 때 제일 흥겹게 몸을 움직일 수 있었던 노래라 몹시 반가웠다.

디스코 곡이 나오자 나미는 어느새 허여멀끔하게 생긴 대학생 차림의 남자 '영계'를 하나 데리고 왔다. 그리고는 "우리 다 같이 춤춰요"하고 말하며 우리를 리드해 나갔다. 그러면서 은근슬쩍 소라를 그 남학생과 마주보며 춤추도록 만드는 것이었다.

소라의 얼굴 표정이 조금 밝아지는 것도 같았다. 그 '영계'는 내가 봐도 굉장히 잘 생긴 외모였다. 요즘 애들은 서양식 음식을 먹고 커서 그런지, 남녀를 불문하고 대개 다리도 길고 목도 길고 얼굴도 갸름하다.

빠른 곡을 두 곡 춘 다음 이노마가 부르는 〈밤이 무서워〉가 흘러나오자, 드디어 소라는 그 영계와 부둥켜안고 춤을 출 기회를 갖게 되었다. 이번엔 나미가 김훈을 붙들고서 춤을 추었다.

나미와 춤을 추는 김훈이 그녀와 키스하고 있는 게 보였다. 상당히 오래 가는 키스였다. 김훈은 나미의 목에 꽉 끼게 둘려있는 여러 겹의 금속 목걸이에다가도 혀끝을 천천히 찍어누르면서, 마치 혀로 실로폰을 연주하고 있는 것 같은 짓을 했다.

김훈이 오늘 저녁 파트너로 데리고 있는 여자애도 김훈과 나미가 춤추며 키스하고 있는 모습을 유심히 지켜보고 있었다. 나는 그녀가 어떤 생각을 하고 있는지 궁금했다.

"아가씨 파트너가 다른 여자와 진하게 춤을 추고 있는 걸 보는 기분이 어때?"

"그저 그래요. 김훈 씨는 야하게 잘 놀기로 '오르가즘'에서 소문난 분인 걸요 뭐……. 그보다도 '아가씨'라고 부르지 말고 '랑빛'이라고 불러 주셔요. 아가씨라는 호칭이 왠지 이상하게 들려요."

"'아가씨'란 말은 절대로 나쁜 말이 아냐. 달리 부를 만한 호칭도 없었고……. 그런데 이름이 '랑빛'인가? 아주 특이한 이름이군. 그럼 성은 뭐지?"

"'노'예요."

"그럼 이름이 '노랑빛'이 되는 군. 성까지 합치면 뜻도 좋고 부르기도 좋지만, 이름만 부르려면 발음을 제대로 하기가 좀 어려운데."

"그럼 그냥 '노랑'이라고 불러주셔도 돼요. 사실 이름 때문에 늘 쓸데없는 호기심의 대상이 되고 있어요. 부모님이 너무 허영기 어린 멋과 트릭을 부려서 그렇게 된 거죠. 하지만 제 이름은 한 번 들으면 잊어먹기 어려운 이름이기 때문에 덕을 볼 때도 있어요."

"아무튼 예쁜 이름이야. 얼굴도 그만하면 예쁘고……. 그래서 노랑색 옷을 자주 입고 다니는 모양이군. 아주 잘 어울리는데."

나는 그녀에게 슬쩍 아부를 해 주었다.

"비행기 태우지 마세요. 지금 김훈 씨와 춤을 추고 있는 여자에 비하면 전 어림도 없어요. 예쁜 얼굴도 얼굴이지만, 어떻게 저렇게 대담하게 야한 차림새를 하고 다닐 수 있을까요?"

"돈이 많아서 그렇겠지. 돈은 자신감을 가져다주니까."

나는 일부러 시치미를 떼고 딴청을 부렸다.

"돈 때문만은 아닐 거예요. 저 여자분이 부러워 죽겠어요. 차림새만 야한 게 아니라 매너도 야하니까요. 보세요. 키스도 정말 섹시하게 하고 있지 않아요?"

나미를 칭찬하는 말을 들으니 묘하게 기분이 답답해져 왔다. 마치 음식에 심하게 체한 것 같은 느낌이었다. 나는 다른 쪽으로 화제를 돌렸다.

"그런데 노랑은 지금 4수를 하고 있다며?"

"4수생이란 건 사실 거짓말이고 전문대를 졸업하고 지금 놀고 있어요."

"그럼 시집 갈 준비를 하고 있는 건가?"

"시집가기도 싫고 마땅히 맘에 드는 취직자리도 없고 해서 그냥 빈둥거리고 있는 거죠. 다행히 아빠가 용돈을 꽤 많이 주니까요."

이노마의 〈밤이 무서워〉가 끝나자 이어서 아직은 무명 가수인 백호빈이 부르는 발라드 곡 〈어느 외로운 날〉이 흘러 나왔다. 김훈은 미안해서 그런지 노랑에게 춤을 청했고, 소라와 이상태는 여전히 영계를 붙들고 늘어졌다.

'오르가즘'에서 〈어느 외로운 날〉을 트는 것을 보고 나는 놀랐다. 반 년 전쯤에 김훈이 한 번 해보라고 해서 내가 작사해 준 노래인데, 멜로디가 별로여서 그런지 히트를 못한 곡이기 때문이었다. 노래 가사가 나미를 향한 내 마음을 어느 정도 대변해 주고 있는 것 같아 약간의 센티멘털한 감개(感慨)가 왔다. 때마침 나미가 내게 춤을 추자고 청했기 때문에 나는 가사의 내용으로 빨려 들어가며 과장된 감상(感傷)의 쾌감 속에 빠져들 수 있었다.

별을 따다가
내 애인 귀고리 만들어 줘야지
그리고 그 귀에 코 박고
키스해야지
그리고 신나게 섹스 하다가
드디어 결혼 해야지······

"이 노래 어때?"
하고 내가 나미의 귓바퀴를 핥으며 물었다.
"목소리나 멜로디는 그저 그런데 가사가 꽤 특이하군요."
"가사를 내가 썼어. 내가 가사를 쓴 유일한 노래지. 완전히 묻혀버린 줄 알았는데 여기서 틀어주는 걸 들으니까 기분이 좋군."
"저 가사 내용처럼 정말 결혼하고 싶으셔요?"
"그 대목은 그저 문학적 과장일 뿐이야. 내가 중점을 둔 건 귀여운 사랑 타령이야. 내가 요즘 퍽이나 외로우니까."

"외로울 땐 마스터베이션이 있잖아요?"

"마스터베이션 갖고는 안 돼. 마스터베이션을 하더라도 여자의 손을 빌려서 하면 쾌감이 훨씬 더 강해지지."

"그건 사실 그래요. 하지만 마 교수님은 그래도 제가 보기엔 행복한 분이에요. 부럽기도 하구요. 여태껏 결혼을 안 하고서 버티고 계시니까요."

"속박이 없단 말인가?"

"그럼요. 교수님 나이가 되도록 혼자서 늠름하게 버티는 사람은 드물어요. 교수님은 정말 이 노래 가사에 나오는 '별'같이 당당하게 외로운 분이셔요."

나도 그런 생각을 해 본 적이 있었다. 그럴 때 나는 '색즉시공(色卽是空)'이란 말을 머리 속에 떠올렸었다. 서로 속박되어 애정을 나눌 특정한 대상이 없는 '텅 빈 상태'야 말로, '관능적 공상과 기대감을 통해 보다 재미있고 긴장감 넘치는 충족감을 맛볼 수 있는 상태'라는 뜻이 아닐까 하고 나는 생각했다. 하지만 지금 당장은 생각이 조금 달라져 있었다. 우선 오늘만이라도 나는 나미에게 속박당하고 싶었다.

하지만 잠시 생각해 보니 그런 마음은 역시 과장된 감상(感傷)에서 나온 것이었다. 나는 감상적 기분으로부터 빨리 빠져나오고 싶어 화제를 바꿔 나미에게 물었다.

"그래, 이상태하고는 잤니?"

"잤다기보다는 진하게 페팅을 해봤다는 게 옳은 표현이겠죠."

"기분이 어땠어? 거기를 잘 빨아주던가?"

"그분은 보기보다 신사예요. 너무나 열심히, 그리고 헌신적으로 봉사해 줬어요."

"요컨대 나하고는 달랐단 말이군."

"남자들마다 다 특징이 다르게 마련이에요. 전 특별히 차별 두지 않고 다 너그럽게 받아들이는 편이에요."

"그런데 왜 이상태가 '신사'라고 했어?"

"자꾸 꼬투리 잡지 마셔요. 마 교수님답지 않아요."

나는 속으로, 만약 나와 가장 친한 소설가 하일지가 나미하고 자면 어떤 반응을 보일까, 하고 생각해 보았다. 하일지는 아직 나미와 만날 기회가 없었다. 긴 손톱이나 피어싱 같은 것을 싫어하는 하일지는(아니 싫어하는 '척' 하는지도 모른) 나미를 어떻게 볼지, 또 나미와 페팅이나 섹스를 나누게 되면 어떤 반응을 보일지 궁금해졌다.

"돈 많은 자들, 말하자면 재벌 2세 같은 젊은 친구들은 나미를 안 꼬드기나?"

하고 내가 나미에게 물었다.

"꼬드기기야 하지요. 하지만 제가 돈이 많으니까 그

런 사람들은 제 앞에서 맥을 못 춰요. 또 저도 걔들한테 별 관심이나 흥미가 없구요. 그런 사람들은 대개 괜히 잘난 체하는 버릇이 있어요."

여기까지 얘기하자 〈어느 외로운 날〉이 끝났다.

우리는 자리로 돌아와 술을 마셨다. 그러다가 나는 갑자기 울적해졌다.

나미하고 섹스하고 싶다는 생각과 내가 이미 늙어버렸다는 열등감이 뒤섞여 나는 더 이상 춤 출 기분이 나지 않았다.

그래서 나는 가만히 앉아있고 다른 친구들만 계속 지칠 줄 모르고 몸을 흔들어댔다.

사치 빼면 시체인 나미가 늙은 월급쟁이에 불과한 나하고는 걸맞는 짝이 아니라는 사실이 내 심장을 아프게 했다. 늦은 나이의 철부지 짝사랑은 궁상맞은 것이었다. 문득 이곳에 모여 춤추며 놀고 있는 남녀 모두가 한데 어우러져 실컷 그룹섹스나 하다가, 모두 지쳐 죽어 널브러졌으면 좋겠다는 생각이 신경질적으로 치솟아 올랐다.

문득 내 머리 속으로 몇 줄의 구슬픈 시구(詩句)가 즉흥적으로 떠올라왔다.

젊어서의 눈물은 아름다워 보이지만

늙어서의 눈물은 추해 보인다.

늙어서의 슬픔도 동정을 받을까

젊어서의 고독은 멋있어 보이지만
늙어서의 고독은 징그러워 보인다.

늙어서의 독신 (獨身)도 동정을 받을까

젊어서의 야함은 개성 있게 보이지만
늙어서의 야함은 천박해 보인다.

늙어서의 꾸밈도 동정을 받을까

4

교육에 매달리면서

내가 초·중·고교에 다닐 때를 생각하면 우선 방학이 끝날 때마다 느끼던 감회가 생각난다. 한 마디로 말해서 다시 학교에 매일 아침마다 일찍 등교하게 됐다는 사실이, 마치 큰 형벌을 받고 있는 죄수의 신세와 똑같다고 생각하곤 했던 것이다.

　그만큼이나 나는 학교에 다니는 것이 지옥 같았다. 대학에 들어가서부터는 매일 아침마다 정해진 시각까지 등교하지 않아도 되고, 또 듣는 과목도 필수과목 빼고는 내가 골라서 들을 수가 있어 학교에 다닌다는 것이 그렇게 지옥 같지는 않았다. 무엇보다도 전교생이 모이는 조회시간이 없고, 담임선생이 없다는 사실이 내 대학생활을 그만하면 낭만적인 것으로 만들어 주었다.

내가 보기에 우리나라의 초·중등 교육은 지식의 전수나 지성의 배양을 목적으로 하지 않는, 그저 '인내력 키우기'만을 교육의 목적으로 삼는 교육인 것 같다. 지금 내 머릿속엔 그때 배운 지식들이 하나도 들어 있지 않다. 졸업한 직후에 금세 잊어버렸으니 말이다.

　　내가 초등학교에 다닐 때는 중학교 입학시험이 있어 참으로 괴로운 스파르타식 교육을 받았다. 거의가 암기를 목적으로 하는 수업이었다. 초등학교 6학년 때의 담임선생님은, 따로 학생들에게 암기 실력을 테스트하여 등급을 매겼다. 그러고는 등급이 높으면 단체기합에서 면제를 해주는 등 특혜를 주었다.

　　나는 집이 가난해서 따로 과외수업을 못 받았지만, 웬만큼 사는 집 애들은 1류 중학교에 들어가기 위해 과목별로 과외수업을 받는 게 보통이었다. 아예 집에서 먹고 자는 과외 선생(대개는 대학생)을 두고서 학생과 한 방을 같이 써가며 하루 24시간 내내 과외지도 겸 감시를 하게 하는 학부형들도 많았다.

　　초등학교 때 배운 것으로 아직까지 내 머릿속에 남아 있는 것은, 한글 읽기와 쓰기, 그리고 기초적인 수학공식 정도인 것 같다. 한문 시간도 따로 없어서, 나는 헌 신문지에다 붓글씨 연습을 해가며 남들보다 꽤 많은 한문 지식을 독학으로 습득할 수 있었다.

그때 내게 가장 많은 가르침을 준 것은 혼자서 따로 읽은 독서였다. 나는 기본적 교양을 다양한 독서를 통해 어느 정도 습득할 수 있었다.

그래서 그때 내가 가장 고통스러웠던 것은 집이 가난해서 읽고 싶은 책을 다 보지 못한다는 것이었다. 학교에도 따로 도서실이 없었고, 또 요즘처럼 시립도서관이나 구립(區立)도서관 같은 것도 없어 늘 책에 배고팠던 시절이었다.

어머니를 조르고 졸라 가지고 책 한 권을 사면 하루면 다 읽는다. 그러고는 또 새 책을 사 달라고 어머니를 조르기 시작한다.

이렇게 책에 배고파했던 것은 중고등학교 시절까지 이어졌다(대학교에 들어가니 학교 도서관에 꽤 많은 책이 비치돼 있어 그만하면 살만 했다). 그래서 나로 하여금 늘 청계천 6,7가에 몰려 있던 헌책방 거리를 헤매다니게 했다.

중고교시절에 학교에서 배웠던 걸 생각해보면, 정말 잡화점식(式)으로 과목 숫자만 많았다는 생각이 든다. 국·영·수 등 기본과목 이외에도 농업, 상업, 공업 같은 과목들을 배워야 했고, 고등학교에 올라가서도 똑같은 과목과 내용을 배워야했다.

중·고교의 학과목들 중엔 내용이 겹치는 게 너무 많

았다. 이를테면 국사, 세계사, 지리, 일반사회 같은 과목들은 깊이나 양(量)에 있어서도 중·고교 때 거의 똑같이 겹치는 과목들이었다. 국어, 영어, 수학 같은 과목을 제외하면, 고등학교에 올라갔다고 해서 더 심도있는 내용을 학습시키지 않았다. 그래서 지금 내 생각엔 중고교를 통합하여 5년제로 하는 게 가장 효율성 있는 중등교육이 될 것 같은 생각이 든다.

개화기 때 최남선이나 이광수 같은 문인들은 17, 8세 때 잡지를 만들고 깊이 있는 글을 쓸 수 있었을 정도로 조숙했다. 내 생각엔 그 이유가, 그들이 특별히 천재라서 그랬던 게 아니라, '학교교육의 피해'를 입지 않아서 그럴 수 있었던 것 같다. 그들은 어렸을 때 서당에 다닌 것 말고는 대부분의 지식을 독학으로 습득했던 것이다.

요즘의 중등교육은 알맹이가 없는 여러 가지 잡다한 과목들을 가지고 학생들을 괴롭혀 쓸데없는 시간 낭비만 가져온다. 나는 중고교에 다닐 때 독서를 많이 한 편이다. 그렇지만 그래도 학교공부를 진도대로 쫓아가 점수를 따야 했기에, 스스로 독서(또는 독학)할 수 있는 시간을 너무나 아깝게 놓쳐버렸다.

『춘향전』에 나오는 이몽룡은 2·8청춘 나이에 과거에서 장원급제까지 하는데, 물론 소설적 과장이 섞여 있는 것이겠지만, 당시의 교육이 아주 적은 숫자의 학과목으로 이루어졌기 때문이 아닌가 한다. 그리고 '집단적이고 획일적인 학교교육'이 아니었다는 점도 그들을 조숙한 '어른'으로 키워주는데 크게 작용했을 것 같다. 갑신정변에 참여했던 서재필의 나이는 겨우 20세였다.

아무튼 그래서 나는 초등학교 시절이나 중고등학교 시절이 전혀 그립지가 않다. 내 젊음을 뺏어간 '지옥 같은 시절'이었기 때문이다.

그나마 나의 숨통을 틔워준 것은 중고교 시절의 특별활동과 동아리 활동이었다. 나는 미술반, 문학반, 연극반, 교지 편집부 등에서 특별활동을 많이 했다. 그리고 '한빛'이라는 교외(校外) 동아리에 가입하여, 남녀학생이 어울려 토론도 해보고 특히 농촌봉사활동을 방학 때마다 했다.

나는 고교시절에 연극 활동에 가장 큰 애착을 가졌다. 고2 때는 내가 쓴 각본 〈붉은 조수(潮水)〉를 가지고 공연을 했는데, 나는 그 작품의 주역까지 맡았다. 연극 활동에 큰 매력을 느낀 나는 대학에 들어가서도 연극 활동에 열중하게 되었고, 그것은 대학원 시절까지 이어졌다.

고등학교 시절 교외(校外) 서클인 '한빛'에 들어가 활동하면서, 나는 드디어 첫사랑의 단꿈에 잠기게 되었다. 내가 연모했던 여학생은 이화여고에 다니는 여학생이었는데, 나 말고도 그녀를 사랑하는 남학생이 둘이나 더 있었다. 그래서 그런지 묘한 승부욕 같은 것이 개입하여 첫사랑의 불길을 더 뜨겁게 타오르게 하였다.

그러다가 결국 그녀는 나를 애인으로 선택해 주었고, 대학 2학년 중반까지 나는 그녀와의 데이트를 즐기게 되었다. 물론 성관계까지는 가지 못했던 풋사랑이었다.

하지만 그녀는 내가 그때도 오매불망 꿈꿔왔던 '야한 여자'는 아니었다. 그저 '시장이 반찬'이라는 식(式)으로 주체할 수 없는 사춘기의 열정을 그녀를 통해 발산했을 뿐이었다.

대학 2학년 중반쯤에 가서 나는 내가 좋아하는 '야한 여자' 즉 덕지덕지 '야한 화장'을 한 새 여대생을 만나게 되었고, 자연히 첫사랑의 연습게임은 막을 내렸다.

재미있었던 것은 내 첫사랑의 상대였던 여자가 대학 졸업 후에 결혼한 남자가 고교시절에 '한빛' 서클에서 그녀를 추적했던 세 남학생 중의 하나였다는 사실이다. 그때는 서울에 남녀공학이 하나도 없어서 그런지, 남녀 혼성 동아리에서 연애사건이 많이 터졌고, 그것이 결혼으로까지 연결되는 경우가 많았다.

대학에 들어가니까 비로소 내게 조금의 '자유'가 주

어졌다. 아침 조회도 없었고 담임선생도 없었다. 대학에서는 학교 게시판이 담임선생 역할을 했다.

국문학과에서는 그때나 지금이나 고전문학, 현대문학, 국어학 세 가지로 전공영역을 정해서 가르치는데, 국어학 관련 과목은 정말 재미가 없었고 고전문학 관련 과목도 그다지 재미가 없었다.

다만 현대문학 관련 과목이 조금 재미있었는데, 유감스럽게도 강의를 잘하는 교수가 별로 없었다. 그래도 준법정신이 강한 나는 결석을 하지 않고 꼬박꼬박 수업에 들어갔다. 그래서 그런지 나는 국문학과에서 4년 내내 줄곧 1등을 하였다.

또 입학할 때의 성적이 좋아 1학년 때 전액 장학금을 받았고, 2학년 때부터 4학년 졸업할 때까지는 학교 추천으로 동아일보 관련 장학 재단인 양영장학회로부터 전액 장학금을 지급 받았다. 그 후 대학원에 들어가서는 학과 조교 일을 해서 또 등록금을 면제받을 수 있었다. 적어도 어머니한테는 경제적 부담을 끼쳐드리지 않은 셈이다.

대학 시절에 나한테 인간과 인생과 우주에 대한 기본적인 성찰을 가능하게 해 준 것은 철학과 전공과목들이었다. 나는 국문학과의 필요 학점 이외의 일반 선택과목을 모두 철학과 과목으로 채웠고, 청강까지 했다.

생각나는 대로 강좌 이름을 늘어놔 보면, '이성론' '형이상학' '노장(老莊) 철학' '한국철학사' '윤리학' '역사철학' '예술철학' '칸트철학' 같은 것들이다. 국문학과에서 들은 현대문학 관련 전공과목에서 보다도, 나는 오히려 철학과 과목에서 문학의 풍부한 기초 교양을 습득할 수 있었다.

대학시절에 나는 동아리 활동도 많이 했다. 농촌봉사 동아리에 들어 해마다 여름·겨울에 농촌봉사를 갔고, 연극 동아리에 들어 봄·가을로 연극을 했다. 또 교지를 편집하기도 하고 교내 방송 P·D로도 일했다. 문학반 (연세 문학회) 활동은 기본이었다.

특히 연세 문학회에서 여름방학 때마다 갔던 외딴 섬 원산도에서의 M·T (Membership Training)가 잊혀지지 않는다. 연세 문학회에서의 활동 말고도 연세대생과 이화여대생 10명이 문학 동인회를 결성하여 정기적으로 모임을 가졌고, 봄·가을로 동인지(同人誌)를 발간하기도 하였다.

연극 동아리와 연세 문학회에서의 활동은 대학원 진학 이후까지 이어졌다. 석사과정 4학기 때. 그러니까 석사과정 졸업시험을 준비하고 석사학위 논문을 쓸 때도 연극 연출을 맡았으니, 지금 생각해 보면 참으로 겁도 없이 부지런을 떨었던 시절이었다.

그렇게 연극 동아리 활동을 하면서 재미를 붙인 나는, 28살 때 홍익대 전임교수가 된 직후부터 '홍익극연구회' 지도 교수를 맡아 학생들과 같이 때로는 밤까지 새워가며 연극 공연 준비를 하곤 하였다. 그리고 33살 때 연세대로 직장을 옮긴 이후에는 문과대학의 '문우(文友) 극회' 지도교수를 맡아 학생들과 어울려 연극 삼매경에 빠져들었다.

연극 공연 준비도 재미있었지만 특히 홍익대 교수 시절에 여름방학과 겨울방학 때 갔던 M·T가 무척이나 재미있었다. 제일 많이 간 곳이 내설악 백담사 계곡이었고, 그 다음으로 많이 간 곳이 남해의 연대도나 서해의 이작도 같은 외딴 섬들이었다.

내가 지도한 동아리 소속 학생들 말고도 학생들은 무척이나 나를 좋아하고 따랐다. 강의실은 언제나 초만원이었고, 이웃 학교에서 청강하러 오는 학생들도 많았다. 나는 학생들과 술을 마시거나 춤을 추며 허물없이 놀았다.

그런 인간미 넘치는 사제관계가 있어, 내가 1992년 10월에 내가 쓴 소설 『즐거운 사라』가 야하다고 잡혀가 유죄판결을 받고 학교에서 짤린 이후로도 학생들의 끈질긴 복직운동이 이어지도록 만들었다. 그래서 연세대 국문학과 학생회가 쓰고 엮은 4.6배판 700쪽짜리의 두꺼운 '즐거운 사라' 사건 백서『마광수는 옳다』(1994)의 정식 출판을 가능하게 했던 것이다.

나는 학생들의 요청에 따라 학교에서 짤린 이후에도 매주 두 과목의 '무학점 강의'를 강행했는데, 매 시간마다 100여명이 넘는 숫자의 학생들이 수강하러 와주어 나를 감동시켰다.

연세대 학생들이 나의 복권과 복직을 위해 학교 정문에 내걸었던 플랑카드 중에서 가장 화제가 되었던 문구(文句)는 총학생회 명의로 내걸었던 "마광수 교수는 인도와도 바꿀 수 없습니다"였다.

내가 대학에서 공부하면서 받은 교육과 내가 대학 교수가 되어 학생들을 가르친 교육은, 대체적으로 성공적이었다고 볼 수 있다. 그런 점에서 나는 연세대학교에 진학하길 잘했다고 생각하는데, 문학에 대한 세세한 지식을 습득 했다기보다도 연세대가 갖고 있는 전통적인 '물(분위기)'이 타 대학에 비해 낭만적이고 자유로웠기 때문이다.

내가 만약 서울대나 고려대에 진학했더라면 작가(겸 시인)가 되기 어려웠을지도 모른다. 지금 활발하게 활동하고 있는 소설가의 절반 정도가 연세대 출신이고, 서울대나 고려대는 작가 배출이 극히 희소하다. 특히 서울대는 지금도 문과 계통 학생들 거의 전부가 고시합격을 바라고 공부하는 학생들로 이루어져 있다.

5

돈을 의식하며

두 번째 미술 전시회 준비를 하면서 나는 〈미술계〉사에 더 자주 드나들게 되었다. 우선 작품을 사진으로 찍고 그것을 팸플릿으로 만드는 작업부터 시작했다.

〈미술계〉사에서는 전시회 팸플릿 제작을 대행(代行)해주는 것을 큰 수입원으로 삼고 있었다. 그래서 잡지를 만드는 편집사원이나 디자이너 말고도 전시회 팸플릿이나 포스터, 홍보자료 등을 전담하는 사원이 몇 명이나 있었다. 그들에게도 모두 '기자'라는 호칭이 붙여졌는데, 내 전시회를 맡은 사원은 처음엔 이미숙 기자였다.

그런데 작업을 막 시작할 무렵에 이미숙 기자가 다른 데로 일자리를 옮기게 되었다. 그래서 〈미술계〉사의 박 주간은 새로 사원을 한 명 뽑았는데, 전문대학에서 디자인을 전공하고 갓 졸업한 여자로 이름은 진미라였다.

〈미술계〉사에서는 인건비를 줄이기 위해 대학 졸업생은 거의 쓰지 않았고 남자도 쓰지 않았다. 모두 전문대 졸업 수준의 학력을 가진 젊은 여자들 뿐이었다. 잡지사 안에서 박 주간은 그녀들에게 보통 반말로 말했다. 그리고 다들 하나씩 별명을 붙여놓고 있었다. 이를테면 '멍이''깡이''꿀이''뽕이' 같은 것들이었다.

진미라가 새로 들어오자 박 주간은 그녀에게 이례적으로 '올리브'라는 별명을 붙여주었다. 먹는 올리브 열매를 뜻하는게 아니라, 옛날에 유명했던 TV 만화영화 〈뽀빠이〉에 나오는 여자주인공인 '올리브'를 뜻하는 말이었다.

진미라는 정말 만화에 나오는 올리브 만큼이나 몸이 바싹 말라 있었다. 꽤 큰 키에 목도 가늘고 얼굴도 가늘었다. 피부가 눈처럼 흰 것이 인상적이었는데 얼굴도 꽤 예쁜 편이었다. 화장을 하나도 안해도 흰 피부와 큰 눈 때문에 강한 인상을 주었다. 그 '올리브'가 내 전시회 준비를 맡게 된 것이었다.

진미라와 자주 만나며 같이 일을 하게되자 나는 허물없이 그녀에게 반말을 쓰게 되었다. 그리고 올리브라는 별명을 이름보다 많이 쓰게 되었다.

그녀는 꽤 성실했고 인간관계에 있어서도 붙임성이 있었다. 다만 눈가에 보일듯 말듯 늘 우울한 기색이 어려 있는게 눈에 띄었다. 그녀가 입고 다니는 옷이 늘 깨끗하지만 초라하고 몇 가지 없는 것으로 봐서 미라가 가난한 집안의 딸이라는 것을 알 수 있었다.

나는 미라와 점점 친숙해지면서 그녀의 '소박함'과 '가난함'에 친밀감을 느꼈다. 내가 전시회를 하게 될 피카소 화랑의 젊고 매력적인 여자 경영자인 나미나 그녀의 여동생 명희, 또 젊은 여류 화가 소라 같이 돈에 별 구애를 받지 않고 사는 여자들에 대한 은근한 반발심이 작용해서였는지도 몰랐다.

팸플릿의 레이아웃을 마치고 나서 초벌로 인쇄돼 나온 그림들의 색(色)과 명암 등을 교정보는 날이었다. 시간이 오래 걸려 나와 미라는 다른 직원들이 다 퇴근하고 난 후까지 잡지사 사무실에 남아 작업을 하고 있었다. 일을 반쯤 마무리짓자 나는 미라에게 저녁을 사겠다고 말했다. 그랬더니 그녀는 별 토를 달지않고 내 제의를 수락해 주었다.

피카소 화랑에서 운영하는 피카소 클럽으로 가면 여러 사람들이 모여 있어 얘기를 잘 못할 것 같아, 나는 그녀를 하얏트 호텔 건너편에 있는 한 조그마한 경양식

집으로 데려갔다. 천천히 나를 쫓아오는 그녀의 걸음걸이가 퍽 얌전해 보였다.

굉장히 호화로운 최고급 양식집이 아닌데도 불구하고, 미라는 이런 곳이 낯선 모양이었다. 그녀가 쭈뼛쭈뼛해 하며 어색해하는 것을 나는 금방 눈치챌 수 있었다.

"왜 그렇게 어색하고 겸연쩍어하지?"

하고 내가 웨이터가 정해준 테이블에 앉으며 미라에게 말했다.

"이런 고급 양식집은 처음이라서요. 전 사실 양식 먹는 법도 잘 몰라요."

"양식 먹는 법이 뭐 따로 있나? 난 왼손에 포크를 쥐고 오른손에 나이프를 들고 양식을 먹는 사람들을 늘 경멸해 왔지. 왼손으로 어떻게 먹을 걸 집어넣을 수 있냐 말야. 미리 나이프를 가지고 고기든 생선이든 썬 다음 오른손에 포크를 쥐고 먹으면 돼. 또 여러 가지 종류가 나오는 나이프와 포크도 아무거나 마음 내키는대로 집어 가지고 마음 편하게 사용하면 되는 거고."

나는 미라에게 이렇게 말하면서 미라의 소탈하고 순진한 태도가 거듭 내 마음을 끌어당기고 있는 것을 느꼈다. 그녀는 정말 가난한 집안의 딸인 것 같았다.

나는 우선 웨이터를 불러 음식을 주문했다. 차림표를

보니 영어로 복잡하게 써 있는 게 내가 보기에도 어지러웠다. 미라도 그런 표정이었다. 나는 미라에게 뭘 먹고 싶으냐고 물었다. 그러니까 미라는,

"저도 잘 모르겠어요. 선생님 드시고 싶은 것으로 주문하셔요."

하고 대답했다.

그래서 나는 내가 좋아하는 햄버그스테이크를 시켰다. 비프스테이크는 비싸기도 하지만, 좋은 고기를 만나지 않으면 맛이 없기 쉽기 때문이었다.

음식이 나올 때까지 나는 미라를 지그시 관찰했다. 꼭 19세기의 멜로드라마틱한 소설에 나오는 순정파 여인을 보고 있는 것 같은 느낌이 들었다.

음식이 나오자 미라는 어색한 동작으로 천천히 식사를 했다. 음식을 먹는 폼이 몹시도 얌전해 보였다. 나는 식사를 하면서 미라에게 얘기했다.

"미라, 아니 올리브, 이젠 올리브라고 불러도 괜찮겠지? 그 별명이 어쩐지 더 정겹게 느껴져서 말야, 난 올리브한테 궁금한 점이 많아. 그래서 이것저것 묻고 싶은게 많아졌어. 나는 우선 올리브의 집안 사정이 궁금해. 부끄러워하지 말고 솔직하게 대답해 줬으면 고맙겠어."

내 말을 듣고나서 미라는 한참을 망설이고 있다가 이

렇게 대답했다.

"전 선생님의 솔직하고 허물없는 성품이 좋았어요. 그러니까 솔직하게 제 집안 환경을 털어놓아도 좋겠지요. 전 지금 아버님과 남동생과 함께 셋이서 아주 어렵게 살고 있어요."

"어머님은 그럼 일찍 돌아가셨나?"

"아녜요. 아버지가 긴 병으로 눕게 되자 집을 뛰쳐나가 버렸어요."

"그게 언젠데?"

"한 4, 5년 돼요."

"그럼 그동안 어떻게 지냈지?"

"우선은 아버지가 받은 퇴직금으로 근근히 버텼지요. 그러다가 결국 제가 이런 저런 아르바이트를 해가면서 간신히 살아가게 되었죠."

"그런데도 전문대학을 나온 게 용하군."

"대학을 다니는 게 꼭 지옥 같았어요. 너무 힘들었으니까요."

"동생은 그럼 지금 고등학생쯤 되나?"

"고등학교 2학년이에요. 걔도 지금 신문 배달을 하고 있죠. 그리고 세차장 일도 하구요."

"아버님은 정말 꼼짝도 못하시나?"

"그리 큰 병도 아닌데 맨날 누워만 계셔요."

"그럼 자식들 보기가 너무 미안하시겠군."

"그렇지가 않아요. 아버지는 저와 동생이 정신없이 일하며 아버지를 부양하는 것이 당연한 도리라고 굳게 믿고 계시죠. 제가 보기에도 얄미울 정도로 아버지는 효(孝)를 너무 강조하셔요. 그리고 너무나 권위주의적이시구요. 엄마도 그래서 집을 뛰쳐나간 것 같아요."

나는 미라의 말을 듣고 그녀가 왠지 늘 우울한 얼굴을 하고 있는 까닭을 짐작해 알 수 있을 것 같았다.

"그럼 지금 올리브의 소원은 결국 '돈'이겠군."

하고 내가 미라에게 다시 말했다.

"솔직히 말해서 그래요. 늘 돈에 전전긍긍하며 살아왔으니까요. 마음 같아선 아버지고 동생이고 생각할 것 없이 집을 뛰쳐나와 버리고 싶을 때가 많았죠. 특히 아버지가 너무 뻔뻔스럽게 구시는 게 미웠어요. 중병(重病)도 아닌데 집에서 그냥 빈둥빈둥 노시니까요. 하지만 동생 생각 때문에 그런 생각을 접게 되곤 했지요."

"그러고 보면 올리브는 아주 착한 성품을 갖고 있군. 그래, 만약 집을 뛰쳐나오면 뭘 하려고 했는데?"

"그냥 혼자서 살면 적어도 아버지는 안 보고 살 수 있지 않겠어요?"

"대학에 다닐 때 아르바이트로 혹시 술집 같은 데 나가본 적은 없나?"

"그런 생각도 많이 해봤었죠. 하지만 차마 그런 데까지 나갈 용기는 나지 않더군요. 그래서 주로 웨이트리스 일만 했지요."

"그러고도 전문대를 졸업한 게 참 용하군."

"졸업하고 나서 취직이 된 게 다행이에요. 그냥 놀고 있는 애들이 더 많거든요. 월급은 적어도 〈미술계〉사일은 제 적성에 맞는 것 같아요."

"아까 '돈'이 제일 소원이라고 했지? 그럼 어떻게 해서 돈을 벌거야?"

"쥐꼬리만한 월급을 한 푼 안 쓰고 다 모은다 쳐도 언제 돈을 벌겠어요. 그러니까 전 평범한 여자들이 갖고 있는 소원을 가질 수밖에 없지요. 다시 말해서 돈 많은 남자한테 시집가는 게 제 소망이라고 할 수 있어요."

"전형적인 신데렐라 콤플렉스로군."

"그러는 제가 속물로 보이시죠?"

"아니 아니, 절대로 속물로 보이지 않아. 오히려 솔직하게 얘기해 줘서 올리브가 더 마음에 들었어. ……그럼 올리브는 나를 어떻게 보지? 물론 나이 차이가 많지만 만약 그런 요소를 제거한다고 해도 나는 올리브 한텐 연애 상대감이 못 되겠네. 난 돈이 없으니까"

"선생님 한테서는 별로 나이 차이가 느껴지지 않아요. 워낙 마음이 젊으시고 솔직하시니까요. 선생님 나이 또래의 남자들은 대개들 다 무슨 폼이든 폼을 잡으려고 권위를 부리거든요. 하지만 솔직히 말씀드려서 선생님은 제가 소망하는 연애 상대나 결혼 상대감은 못 되세요. 전 나이차이가 아무리 많이 나더라도 돈이 아주 많은 남자한테 시집가고 싶어요. 제 말을 듣고 화나지 않으셨죠?"

"아니 절대로 화나지 않았어. 오히려 올리브의 솔직성이 더 나를 감동시켰지……. 차차 구해 보면 돈 많은 신랑감이 나타날 거야. 올리브는 키가 날씬하고 얼굴이 예쁜 편이니까. 하지만 젊고 돈 많은 남자만 구하면 구하기가 어려울지도 몰라. 그런 집안에서는 대개 학벌이나 가문을 따지지. 올리브한테는 나이 차이가 많이 나는 신랑감이 더 좋겠다는 생각이 드는군. 그런 사람들은 여자의 젊은 나이와 외모 하나만 보고 데려가는 수가 많으니까. ……하지만 그렇게 늙은 총각이 있을까? 돈 많고 나이 많은 사람이라면 재취 자리이기가 쉬울텐데 ……."

"재취 자리면 어때요? 돈만 많이 준다면 전 얼마든지 살아갈 수 있을 것 같아요. 그래야 우선 동생을 훌륭하게 키울 수 있을 테니까요."

미라가 남동생을 끔찍이 위하는 것 같아 나는 적지않은 감동을 느꼈다.

이런 저런 얘기를 하다 보니 식사가 끝났다. 나는 술을 마시고 싶어 미라를 하얏트 호텔에 있는 '파리' 바(Bar)로 데리고 갔다. 나이트클럽으로 가 춤을 추면 어떻겠냐고 물었더니 미라가 자기는 춤을 잘 못춘다며 사양했기 때문이었다.

바에 가서도 미라는 술을 조금밖에 마시지 않았다. 그리고 담배도 피우지 않았다. 그래서 내가 그녀에게 이렇게 물어보았다.

"왜 그렇게 술을 못 마시지? 그리고 담배도 피우지 않고……. 요즘 젊은 여자 애들은 술·담배를 대개들 잘 하던데……."

그러자 미라는 이렇게 대답했다.

"아버지가 맨날 술과 담배에 절어 지내는 게 전 너무 싫었어요. 그리고 술 마시고 담배피울 돈도 전 없었구요. 그래서 술과 담배를 못 배운 거예요."

미라는 맥주 반 컵을 겨우 비웠을 뿐이었다. 그런데도 그녀는 어지럽다고 하며 내 어깨에 몸을 기대 왔다. 나는 그러는 그녀에게 묘한 연민의 정(情)과 사랑이 싹터 오는 것을 느꼈다. 나미나 명희, 그리고 채나나 소라 등의 여자들한테서는 도저히 볼 수 없었던 '순진하고 가련한' 감상미(感傷美)를 그녀가 뿜어냈기 때문이었다.

잠시 후 미라는 술이 깼다며 다시 몸을 꼿꼿이 펴고 앉았다. 허리를 구부리지 않고 반듯이 앉아 있는 그녀의 자세가 다시 또 나를 감동시켰다.

나는 미라에게는 아예 술을 권하지 않기로 하고 나 혼자서만 맥주를 마셨다. 술과 담배를 안하고 있는데도 전혀 지루해 하지 않고 내 얘기를 경청해 주는 그녀가 참으로 착해보였다.

"올리브는 내 그림들을 어떻게 생각해? 좋은 평을 받을 수 있을 것 같아?"

할 말이 별로 생각나지 않아 내가 미라에게 내 그림 얘길 꺼냈다.

"글쎄요……. 제가 뭘 알겠어요. 하지만 천편일률적으로 똑같은 소재만 되풀이해서 그리는 화가의 그림들보다는 한결 시원하다는 느낌을 받았어요."

"괜히 날 기분 좋게 해주려고 하는 얘기 아냐?"

"아녜요, 정말이에요. 아무튼 선(線)이 강하고 각기 다른 소재가 특별한 인상을 풍겼어요. 그래서 저도 팸플릿 작업하는데 신이 났구요."

나는 기분이 좋아 미라의 어깨에 손을 얹었다.

내가 어깨에 팔과 손을 얹었는데도 미라는 조금의 저항도 없이 가만히 있었다. 그래서 나는 그녀가 더욱 따뜻한 여자로 느껴졌다. 나는 다시 그녀의 **뺨**에 내 입술을 살짝 갖다대 보았다. 화장을 하나도 안 하고 향수도 안 뿌린 그녀의 얼굴에서는 배릿한 우유냄새 비슷한 것이 풍겨 나왔다. 이번에도 미라는, 아무런 저항도 보여 주지 않았다.

"올리브는 고등학교에 다닐 때나 전문대학에 다닐 때 연애는 해 봤어?"

하고 내가 다시 그녀에게 물었다.

"연애를 생각할 겨를이 없었어요. 집안이 너무 어수선하고 돈도 없었으니까요. 돈이 없으면 연애도 잘 안돼요."

하고 미라가 대답했다.

"그래도 쫓아 다니는 남자들이 많았을 것 같은데……."

"꽤 있긴 있었지요. 하지만 전 그들이 그저 무섭고 두렵기만 했어요."

"왜 그랬지?"

"제 집안 얘기나 형편을 알면 저를 깔볼 것 같은 생각이 들어서요."

"그런데 왜 아까 나한테는 집안 얘기를 그토록 자세히 했지?"

"저도 잘 모르겠어요. 선생님께는 이상하게도 왠지 믿음이 가서 그랬다고 할까요. 선생님은 저한테 푸근한 마음을 일으켜 주셨어요."

"그런데도 날 사랑하고 싶은 생각은 안 일어난단 말이지?"

이상했다. 평소에 '사랑'이라는 말을 쓰기를 극도로 싫어하는 내가, 미라 앞에서는 사랑이라는 말을 거침없이 쓰고 있었다.

"죄송해요. 선생님, 전 사랑이란 것이 돈 걱정없는 사람들의 사치스러운 유희라는 생각이 들 때가 많아요."

"돈이 있든 없든, 그리고 걱정이 있든 없든 사랑 자체는 본능이 아닐까?"

"사랑을 '성욕'이라고 본다면, 그 말도 맞는 말이겠지요. 전 아직 성(性)에 대해서는 잘 모르고 있는 상태지만요."

"어려울 때일수록 서로 사랑으로 위로하고 격려해주면 고통스러운 삶이 한결 덜해진다는 생각을 해본 적은 없어? 물론 이럴 때 말하는 사랑은 '정신적 사랑'의 경우겠지."

"그럴 수도 있겠지요. 하지만 '가난이 싸움'이라는 속담이 우리가 살아가고 있는 이 고달픈 현실에는 더 맞는 말이라는 생각이 들어요."

나는 미라의 말을 듣고 그녀의 생각이 대충 맞는다고 느꼈다. 자본주의든 이른바 신(新)자유주의든 우리가 살아가고 있는 이 땅을 지배하고 있는 이데올로기 속에서는, 정신적 사랑을 통한 서로간의 심적(心的) 위안이 차츰 무의미해져 가고 있는 것이 사실이기 때문이었다. 그녀의 말을 들으니 괜히 우울한 생각이 나서, 나는 맥주를 두 잔 연거푸 들이켰다. 그리고 나서 나는 담배를 피워 물었다.

한동안 우리는 서로 말이 없었다. 그러고 있다가 다시 내가 말문을 열었다.

"그래 어머니는 올리브나 동생에게 연락을 해 오지 않으시나?"

"전혀 연락을 해오지 않아요. 풍문으로 듣기엔 새 남자를 만나 살고 있다고 해요."

"올리브는 자식을 버리고 집을 뛰쳐나간 어머니가 밉지 않아?"

"왜 밉고 서운한 생각이 안 들겠어요. 하지만 엄마 없이 이렇게 고달프게 살게 된 것도 제 팔자소관이라고 생각하려고 애쓰고 있어요."

미라가 말을 하는 태도에는 뿌리 깊은 체념과 허무가 깃들어 있었다. 지적(知的) 허영심이나 사치스러운 권태감에서 나온 체념과 허무가 아니라 진짜로 착한, 그리고 솔직한 체념과 허무였다.

나는 미라의 손을 꽉 잡아주었다. 보들보들한 살결과

긴 손가락에는 힘이 전혀 들어가 있지 않았다. 조금 더 앉아 있자 미라는 피곤하다며 그만 일어나자고 말했다. 하긴 매일 일찍 출근을 해야 하는 그녀로서는 지금쯤 피로가 밀려올 것이 당연하였다.

나는 계산을 하고 나서 미라와 같이 바(Bar)를 빠져 나와 호텔 문 앞까지 갔다. 택시가 와서 내가 같이 타고 집까지 바래다주겠다고 했더니 미라는 극구 사양했다. 그래서 나는 그녀의 손에 택시비를 억지로 쥐어 주었다.

미라와 헤어져 집으로 돌아가는 길이 왠지 쓸쓸하게 느껴졌다. 나미에 대한 그리움이 어쩐지 희석돼 가는 것을 느꼈고 나미나 그녀의 동생 명희에 대한 동경심도 왠지 쓸데없는 것으로 느껴졌다.

집에 돌아와서 나는 늦게까지 잠을 이루지 못했다. 창 앞에 서서 북악산을 한참동안 멍하니 응시하기도 하고 맥주를 몇 잔 마시기도 했다. 그래도 잠이 안 와 나는 침대에 비스듬히 누워 책을 읽었다. 미라 생각이 나서 그녀와 비슷한 처지에 있는 여자를 주인공으로 삼은, 20세기 초반의 미국 작가 시어도어 드라이저의 『제니이 기어하이트』를 꺼내 읽었다.

찢어지게 가난한 집안에서 큰딸로 태어나 병든 부모

와 여러 동생들을 부양하기 위해, 할 수 없이 부잣집 아들의 첩(妾) 살이를 하게 되는 '제니이'라는 여자의 불행한 일생을 그린 순정파 멜로드라마였다. 예전에 읽을 때는 그저 그런 최루성(催淚性) 소설인 줄로만 알았는데 다시 읽어 보니 가슴이 뭉클해지는 데가 있었다.

제니이를 진심으로 사랑하는 부잣집 아들은(그녀는 재벌 귀족에 속하는 한 부잣집 하녀로 들어갔다가 그의 사랑을 받게 된다) 그녀와 정식 결혼을 하려고 한다. 그러나 가문을 따지고 또 다른 재벌의 딸과 정략결혼을 시키려고 하는 그의 부친은 아들의 간청을 끝끝내 묵살한다. 아들은 결국 제니이와 몰래 동거생활을 하다가 아버지가 재산을 한 푼도 안 물려주겠다고 선언하는 바람에 제니이를 버리고 재벌의 딸과 결혼해 버린다.

대강 이런 줄거리인데 나는 제니이의 외롭고 슬픈 말년을 기록한 대목을 대여섯 번이나 되풀이해서 읽었다. '인생은 결국 허무하다'라는 주제가 되풀이되어 강조되고 있었다.

또 나는 제니이의 꿈 많은 사춘기 시절을 기록한 대목도 여러 번 읽었다. 가난하지만 미래의 무지개빛 꿈을 간직하고 있는 착하고 예쁜 소녀 제니이……. 그러자 제니이의 얼굴이 내 머릿속에 뚜렷이 나타나고 미라의 얼굴과 겹치는 것이었다.

나는 술을 더 마셨다. 술기운에 녹아떨어져 나는 잠을 잤고, 꿈 속에서 나는 제니이, 아니 올리브의 얼굴을 보았다.

다음날 나는 느즈막이 일어나 〈미술계〉사로 갔다. 미라가 일찍부터 나와 열심히 작업을 하고 있었다. 둘이서 색(色) 교정 작업을 대충 마무리 짓자 이번엔 신문사와 잡지사에 돌릴 보도 자료를 손보았다. 그러고 나니 벌써 점심 먹을 시간이었다. 그래서 나는 미라와 다른 사원 몇 명과 함께 중국음식점으로 가서 간단히 점심을 먹었다.

점심을 먹고 나서 나는 미라와 함께 액자 만드는 집으로 갔다. 내 그림들이 어떻게 표구되고 있는지 알아보기 위해서였다.

다시 〈미술계〉사로 돌아온 나와 미라는 이번엔 포스터를 교정보았고, 초대장을 레이아웃하고 거기 써 넣을 문구를 손봤다. 그리고 전시회에 초대할 사람 명부를 작성하자 저녁 늦은 시간이 되어 버렸다. 나는 미라에게 어제처럼 저녁을 사겠다고 제의했다. 미라는 처음엔 사양하더니 결국 나를 따라 나섰다.

나는 매일 명동에서 죽치고 놀던 대학시절이 생각나 명동으로 갔다. 역시 옛날 기분을 내고 싶어 부대찌개

집으로 갔다. 나는 밥은 거의 안 먹고 찌개를 안주 삼아 소주를 마셨다. 미라는 맛있게 식사를 하고 있었다.

내가 술을 마시는 동안 미라는 별로 말이 없었다. 원래 말수가 적은 여자 같았다. 나도 더 이상 할 말이 생각나지 않았고, 그렇다고 미라의 옆 좌석으로 가 어깨를 쓰다듬거나 허벅지를 매만지고 싶은 생각도 일어나지 않았다.

좌우를 둘러보니 연인 사이로 보이는 젊은 남녀 쌍쌍들이 옆으로 탁 포개 앉아 서로의 몸을 노골적으로 애무하며 술을 마시고 있었다. 내가 대학에 다닐 때는 드물었던 풍경이었다. 나는 세월의 흐름과 변화를 새삼 의식하며, 여느 젊은이들과는 전혀 다른 모습과 매너를 갖고 있는 미라를 새삼 신기한 눈빛으로 바라보았다.

생각 같아서는 명동의 고급 옷집에라도 가서 미라에게 최신 유행의 비싼 옷이라도 한 벌 선물해 주고 싶었다. 그렇지만 내겐 그런 큰돈이 없었다. '미라는 부자 애인을 원하고 있는데 나는 그렇지가 못하구나'하고 나는 속으로 생각하며 왠지 서글픈 비애감을 느꼈다.

아무런 얘기도 안하고 술만 마시려니까 어쩐지 쑥쓰러운 기분이 들었다. 그래서 나는 미라에게 다시 말을 붙여 보았다.

"술도 잘 못하는데 이런 데 앉아 있게 해서 미안해.

여기서 나가 다른 커피집이라도 갈까?"

그랬더니 미라는 빙그레 웃으며 이렇게 대답했다.

"전 술은 잘 못 마셔도 술자리에 앉아 있는 데는 익숙한 편이에요. 〈미술계〉사에서도 박 주간님이 술을 워낙 좋아하시는지라 술자리를 자주 갖는 모양이에요. 그러니까 이런 데서 참는 연습을 많이 해둬야겠지요."

말하는 폼이 너무나 얌전하고 착해 보여서 나는 다시한번 미라에게 진한 친밀감을 느꼈다.

"여기 모인 젊은이들을 보니 머리 색깔도 제각각이고 화장도 다들 진하게 한 편이군. 미라는 학창시절에 머리 염색이나 화장을 해본 적은 없나?"

하고 내가 다시 미라에게 말했다.

"저도 젊은데 해보고 싶은 생각이 왜 안 났겠어요. 하지만 다 돈이 드는 일이라 단념하고 말았죠."

하고 미라가 내게 말했다.

"그럼 지금이라도 돈이 많이 생긴다면 화려하게 꾸며볼 생각이 있어?"

"그런 생각이 들지도 모르지요. 하지만 제 얼굴에는 진하고 화려한 화장이나 염색이 잘 안 어울린다고 생각해요. 다만 비싸고 고급스런 옷을 사 입고 싶은 소망은 있죠."

"비싸고 고급스런 옷이라면 야하지 않은 옷을 말하는

건가?"

"맞아요. 전 야하고 관능적인 디자인으로 된 옷보다는 고전적인 디자인으로 된 옷이 더 좋아요. 또 그런 옷이 제게 더 잘 어울릴 것 같은 생각이 들구요."

"그럼 정말 나는 올리브의 애인이 될 자격이 없군. 야한 디자인으로 된 옷보다는 고전적이고 품위 있는 디자인으로 된 옷이 훨씬 더 비싸니까 말야."

"죄송해요 선생님. 저를 너무 돈만 밝히는 속물스런 여자로 보실까 봐 겁이 나네요."

"아냐. 그렇지 않아. 뭐든지 솔직하게 말하는 게 좋으니까. 정직은 최상의 미덕이야."

몇 마디 더 대화를 나누다가 우리는 부대찌개 집을 나왔다. 그리고 근처에 있는 카페로 가서 커피를 한 잔 마신 후 헤어졌다.

다음 날 오후에도 나는 〈미술계〉사로 나가 미라와 함께 전시회 준비 마무리 작업을 했다. 마무리 작업에는 박 주간도 많이 도와주었다.

그리고 나서 열흘쯤 있다가 전시회 팸플릿과 포스터, 그리고 초대장이 인쇄돼 나왔다. 포스터 붙이는 것과 초대장 발송하는 것, 그리고 홍보자료 돌리는 것은 미술계사에서 전적으로 도맡아 해주었고, 주로 미라가 큰 역할을 했다.

이제 보름 정도 지나면 전시회가 열리게 되는 것이었다. 전시회 기간은 피카소 화랑에서 특별 배려를 하여 3주일간으로 잡아주었다.

초대장 발송이 끝난 후 나는 약간 긴장된 마음으로 전시회 오프닝 날짜를 기다리고 있었다.

그러던 어느날 나는 적적함을 달래기 위해 피카소 클럽에 오랜만에 나가 보았다. 클럽 안에 들어서니 명희가 나와 있었다. 그리고 명희 옆에 돈 잘 버는 의사 김수일이 앉아 있었다. 나는 미라를 만나 같이 준비작업을 하는 동안 거의 명희를 잊고 지냈었다. 또 명희도 연락을 해오지 않았다. 조금 이상하다고 생각했지만 아주 심각하게 신경 쓰이지는 않았었다.

명희 주변에는 김수일뿐만 아니라 시인 김훈과 G사장, 그리고 소설가 한태섭과 화가 이상태 등이 진을 치고 앉아 있었다. 마치 명희가 그녀의 언니인 나미 역할을 대신하고 있는 것처럼 보였다. 명희가 나를 바라보는 눈빛을 보니 눈빛이 나를 사랑한다던 예전과는 완전히 달라져 있었다. 말하자면 아주 무심한 눈빛이었다. 나는 직감적으로 '여자의 변덕'을 의식할 수밖에 없었다. 명희는 김수일의 품에 안겨 있었고, 그녀의 얼굴 표정은 아주 밝았다. 김훈이 명희보고 연신 아름답다는 찬사를 퍼붓고 있었다. 내가 보기에도 명희는 이제 나미만큼이나 화려하고 야한 여인이 되어가고 있었다.

"오랜만이에요 마 선생님. 그동안 전시회 준비로 바쁘셨죠?"

하고 명희가 나를 보고 말했다.

"수고 많았어, 마 교수. 아니 이젠 마 화백이라고 불러야 할지도 모르겠군. 전시회가 열리면 내가 그림 한 점을 꼭 구입하도록 하겠네."

하고 김수일이 명희를 껴안은 채로 말했다.

"자네 전시회 때 그림이 내 전시회 때보다 더 많이 팔리면 안 되는데. 그럼 내가 틀림없이 샘을 내게 될 테니까 말야."

"샘을 내고 자시고 할게 뭐 있겠어요? 이상태 선생님은 이제 화가가 아니라 붕어찜 가게 주인이신데요."

하고 곁에 있던 명희의 친구 채나가 농담조로 말했다. 이상태은 생계유지를 위해 최근에 붕어찜 가게를 오픈했다.

채나의 말이 끝나자 박 주간이 미라와 함께 피카소 클럽으로 들어왔다. 나는 미라가 클럽에 나타난 것에 놀랐다. 미술계사의 직원이 피카소 클럽에 들르는 것은 아주 드문 일이기 때문이었다. 미라가 클럽 안으로 들어서자 남자들의 눈빛이 변했다. 특히 김훈의 눈빛이 역력히 달라지는 것을 나는 눈치챌 수 있었다. 내가 보기에도 미라는 아주 청초하게 예쁜 얼굴이었다.

"올리브, 아니 미라가 이번 마 교수의 전시회 준비 때 한몫을 톡톡히 했어. 그래서 여기 한번 데리고 왔네. 신문에 보도되는 것을 봐도 그렇고, 이번 전시회는 꽤 성공적일 것 같아."

하고 박 주간이 말했다.

"그림에 대한 평가만 좋으면 뭐합니까. 전시회는 그저 그림이 많이 팔리고 봐야 해요."

하고 김훈이 말했다.

"응……, 그 문제는 나도 사실 걱정하고 있는 문제야. 요즘 그림 사는 사람들은 작품성보다 장식성(裝飾性)에 더 중점을 두거든. 집에 걸어놓을 거니까 그들이 그런 생각을 하는 것도 무리는 아니지. 그러니 그림이 너무 어두워도 안 팔리고 또 너무 야해도 안 팔리고 한단 말야. 마 교수의 그림은 작품성은 좋은데 작품 소재가 너무 어둡고 우울한 것이 많지. 또 진하게 에로틱한 것도 많고. 하지만 신인이자 소설가의 전시회니만큼, 팔리는 것보다는 작품 평가를 어떻게 받느냐가 더 중요하다고 생각하네. 일단 좋은 평가를 받게 되면 사람들은 그림 자체보다 화가 이름을 보고 그림을 사게 되니까."

하고 박 주간이 말했다. 나는 박 주간의 말이 맞다고 느꼈고 전시회를 열도록 해준 피카소 화랑이 고맙게 느껴졌다.

큰 무역회사의 G사장은 계속 미라를 주시하고 있었다. G사장의 눈빛을 보니 그것은 애욕의 눈빛이 아니라 흡사 물건의 가치를 평가하고 있는 듯한 눈빛이었다. 나는 G사장의 그런 눈빛이 퍽 이상하다고 생각했다.

미라의 옷차림을 보니 명희나 채나의 화려한 옷차림과는 너무 대조적이었다. 또 화장을 전혀 안한 얼굴도 그랬다. 미라는 클럽 안의 분위기에 쉽사리 휩쓸리지 못하고 몹시 어색해하고 있었다. 나는 그러는 그녀가 무척이나 안쓰럽고 측은해 보였다.

"제가 듣자니 요즘 미라씨와 친하게 지내고 계시다구요."

하고 명희가 나에게 말했다.

"친하게 지내긴 뭘……. 그냥 전시회 일 때문에 쭉 같이 있은 거지."

나 대신 박 주간이 명희에게 대답해 주었다.

"미라씨 피부가 퍽 곱군요. 평생 기초화장을 안해도 될 만한 피부예요."

하고 채나가 말했다. 그녀가 미(美)에 집착하는 강도

(强度)는 대단해서, 처음으로 만나는 여자를 보더라도 금세 정확한 판단을 내린다는 것을 나는 알고 있었다.

"피부뿐만 아니라 얼굴도 곱지. 솔직히 말해서 〈미술계〉사 직원 중에 가장 예쁜 얼굴을 가졌어. 몸이 너무 마른 게 흠이지만 말야."

하고 박 주간이 말했다.

"그래서 올리브란 별명을 붙여줬나?"

하고 한태섭이 말했다.

"그랬지. 자넨 옛날 세대라 만화영화 〈뽀빠이〉를 아는구먼. 요즘 젊은애들은 '올리브'를 그저 먹는 열매 이름으로만 아는 경우가 많더군."

하고 박 주간이 말했다.

"뽀빠이하고 올리브가 무슨 관계가 있어요?"

하고 명희가 박 주간에게 물었다.

"올리브는 뽀빠이의 애인 이름이야. 그런데 몸매가 아주 날씬하게 훌쭉 빠졌지. 그래서 내가 미라에게 올리브란 별명을 붙여 줬어."

잠시 후 우리는 조금 있다가 하얏트 호텔로 갔다. 거기서 저녁을 먹고 곧바로 나이트클럽으로 가니 이른 시간이라 빈 좌석이 많았다. 미라가 안 끼겠다고 우기는 것을 내가 억지로 끌다시피 하여 함께 데리고 갔다.

며칠 후 내 그림 전시회가 열렸다. 전시회 전날에는 작품들을 어떻게 디스플레이할 것인가 하고 고민하며 애를 써야 했다. 디스플레이 일을 맡아준 것도 미라였는데, 전시회 일이 처음인데도 그녀한테 남다른 센스가 있다는 것을 알 수 있었다.

　전시회 오프닝 파티는 저녁 여섯시였다. 내가 워낙 문단에는 발을 끊고 지내는 편이라 문학하는 사람보다 미술하는 사람들이 더 많이 와주었다.

　책을 내는 것과는 달리 미술전시회를 한다는 것은 남들에게 폐를 끼치는 일이 될 수도 있다는 것을 나는 다시 한번 절감하였다. 책은 출간하면 그만이지만 (물론 출판기념회를 하면 문제가 다르다. 하지만 요즘은 출판기념회를 여는 일이 극히 드물어서 억지로 '눈도장'을 찍으러 갈 일은 거의 없는 것이다), 미술전시회는 꼭 사람을 불러모아야 하기 때문이었다. 피카소 클럽에 모이는 사람들이야 물론 흔쾌히 와줬지만, 미술하는 이들 중엔 내가 가끔 미술평론도 하는 관계로 마지못해 '눈도장'을 찍기 위해 온 사람들도 상당히 많다는 것을 나는 알 수 있었다.

　피카소 화랑측에서는 화랑의 돈 많은 경영자인 나미의 배려로 오프닝 파티의 음식상을 뷔페식으로 훌륭하게 차려주었다. 그래서 손님들은 실컷 먹고 마시며 즐거워들 했다. 그리고 다들 한마디씩 내 그림이 예상 외로 좋다는 덤담(德談)들을 해주었다.

전시회장에서 안내와 작품판매 접수 등의 일을 맡은 것은 미라였다. 미라가 일하는 것이 얌전하고 꼼꼼하고 친절해서 나는 새삼 그녀에게 신뢰감을 느꼈다.

오프닝 파티의 의식은 내가 주장해서 아주 간단하게 했다. 박 주간이 축사를 하고 내가 답사를 한 것 외에 다른 지저분한 절차는 없었다. 다만 먹고 마시기만 하면 되는 파티였다.

나미는 이번 파티 때도 아주 선정적인 옷을 걸치고 있었다. 그리고 명희와 소라와 채나 등도 화려한 옷을 걸치고 있었다. 나는 나미를 보며 나도 모르게 이상한 거리감이 느껴지는 것을 의식했다. 그녀는 여전히 관능적이고 사랑스러웠다. 그리고 내가 전부터 그리워하던 대상이었다. 그러나 한동안 둘이 떨어져 있었기 때문인지(아니면 미라를 만났기 때문인지), 나는 그녀가 너무 '먼 그대'처럼 느껴지는 것이었다.

오프닝 파티는 꽤 늦은 시각까지 열렸다. 갈 사람은 다 간 뒤에도 피카소 클럽의 멤버들은 클럽으로 가서 간단히 뒤풀이를 했다. 그런 뒤에 나는 약간 쓸쓸한 마음을 품고서 집으로 돌아왔다.

미술전시회에 많이 가 본 나로서는 전시회 오프닝 날 이후의 기간이 무척이나 쓸쓸하다는 것을 잘 알고 있었다. 화가는 하루 종일 우두커니 전시장에 앉아 있고 관람객은 드문드문 가끔씩 나타난다. 그래서 아예 전시장에 안 나가 있는 화가도 있지만 그런 경우는 극히 드물다. 이따금이라도 아는 사람이 오는 수가 있기 때문이다.

또 관람객이 많다는 사실과 작품판매가 직결되는 것도 아니었다. 관람객이 아무리 많더라도 작품판매는 잘 안 되는 수가 많다. 작품판매는 주로 화랑측이 얼마나 단골 컬렉터를 확보하고 있느냐에 따라 좌우되는 것이다. 오프닝 파티가 끝난 후의 기분은 연극이 끝난 후 배우들이 겪는 허탈감과 비슷했다.

다음 날부터 나는 매일 오후에 전시회장에 나갔다. 미라가 접수와 안내 일을 보고 있어서 즐거웠다. 관람객은 생각보다 적었다. 역시 내가 아마추어 화가이기 때문인 것 같았다. 그래서 그림을 사겠다고 하는 사람들도 적을 수밖에 없었다.

미라와 오후 내내 같이 있다 보니 같이 얘기하는 시간이 많아졌다. 나미나 박 주간도 가끔씩 들러주었지만 오래 앉아 있지는 않았다. 미라는 말수가 적은 여자였다. 그리고 항상 우울한 눈빛을 알듯 모를듯 드리우고 있었다. 명희 같은 사치스런 허무주의가 아니라 생활의 고통과 인생에 대한 비감(悲感)에서 나온 진짜 실존적 허무주의가 그녀의 뇌리를 꽉 채우고 있는 것 같았다.

저녁 때 전시회장의 문을 닫으면 나는 매일 미라에게 저녁을 사 주었다. 미라는 별로 사양하지도 않고, 그렇다고 아주 고마워하지도 않고 내가 사주는 저녁밥을 담담히 먹었다. 이상한 것은, 내가 미라를 자주 만나도 그녀의 육체를 껴안거나 섹스를 하고 싶은 생각이 별로 일어나지 않는다는 사실이었다. 나는 나도 모르게 나 자신이 변화돼 가고 있는 것을 느꼈다.

그 '변화'란 다름 아닌 '사랑'에 대한 관념의 변화였다. 신경질적인 성욕이나 성희가 없는 사랑이 어느 정도 가능하다는 사실을 나는 어렴풋이 느껴가고 있었다. 천민(賤民)이 천녀(賤女)를 만나 그런지도 몰랐다.

피카소 클럽에서 저녁을 먹을 수 있는데도 나는 복잡한 것을 피해 미라를 늘 다른 식당으로 데리고 갔다. 그녀와 저녁을 같이 먹으며 나는 별로 할 말이 없었다. 보디 랭귀지(Body language)가 빠져 있는 대화에 내가 익숙하지 못할 뿐더러, 그녀가 지금 남녀 간의 우정이나 사랑보다는 '돈'에만 몹시 관심을 갖고 있다는 사실을 알고 있기 때문이었다. 하지만 별 말 없이 먹는 저녁 식사일망정 미라와 함께 있다는 사실 하나만으로도 내가 행복한 감정을 느낄 수 있다는 사실이 나는 신기하게 느껴졌다.

어느날 미라는 식사를 하다 말고 불쑥 나미 얘기를 꺼냈다.

"나미씬 어쩌면 그렇게 예뻐요? 그리고 돈도 많구요. 전 나미씨가 부러워 죽겠어요. 선생님도 나미씰 사랑하고 계시죠?"

그래서 나는 이렇게 대답했다.

"나뿐만 아니라 피카소 클럽에 들르는 남자들 모두가 나미를 사모하고 있지. 참 특별한 여자야. 아주 야하게 꾸미는데도 전혀 천해 보이지 않거든. 그리고 마음씨도 착하고."

"돈에 여유가 있으면 마음씨는 다 착하게 되게 마련이에요."

"올리브는 돈이 없는데도 내가 보기엔 마음씨가 착해 보이는데?"

"그럴려고 애쓰고 있을 뿐이지요. 이 상태가 더 이상 계속되면 저도 마음이 삐뚤어질 가능성이 커요."

"올리브는 절대로 그렇지 않을 거야. 나미처럼 좋은 남편 만나 호강도 하게 될 거고."

"듣자니 나미씨는 바람둥이라면서요?"

"보통 바람둥이하곤 달라. 천진난만한 바람둥이라고 나 할까."

"그렇다면 나미씨가 더 부러워지는군요."

"올리브도 얼굴 표정에서 바람둥이 체질이 엿보이고 있어. 올리브가 원하는 대로 돈이 아주 많고 나이든 사람과 결혼한다면 슬쩍슬쩍 바람을 피우게 될지도 모르지. 요즘은 바람피우는 여자들이 점점 더 늘어가고 있는 세상이니까. 그리고 사람은 여자든 남자든 다 바람둥이 체질을 타고난 게 사실이니까."

"그렇게만 될 수 있으면 참 좋겠어요. 하지만 저는 소심해서 그런지 바람둥이 체질은 절대 못 되는 것 같아요."

미라의 말은 맞는 말이었다. 내가 아까 한 얘기는 그저 한 번 해본 소리였다. 미라는 순결을 중시하는 여자 같아 보였다. 그렇다면 한태섭이 늘 바라고 있는 여자인데, 유감스럽게도 한태섭에게는 돈이 없었다.

나는 내가 자꾸 미라한테 끌려들어 가고 있는 것을 인정하지 않을 수 없었다. 나미를 독점적으로 사랑한다는 것은 이제 불가능한 일이 되어 버렸고, 명희 역시 이제는 내게 별로 의지하지 않고 있는 것처럼 보였다. 이혼 후 처음으로 '결혼', 아니 '동거'에 대한 호기심과 욕구가 미라를 통해 느껴지는 것이 정말 이상했다. 내가 너무 혼자 오래토록 외롭게 살아온 탓인지도 몰랐다.

그런데 미라는 '돈'에 한(恨)을 품고 있고, 돈 많은 남자와의 결혼을 꿈꾸고 있었다. 나이가 아주 많은 남자의 재취 자리라도 돈만 많이 준다면 오케이(OK)하겠다는 미라의 말은 나를 풀죽게 했다.

미라의 얼굴에 문득 나미의 얼굴이 겹쳐졌다. 탐미주의적 관점에서 보면 내가 좋아하는 여자는 분명 나미였다. 그러나 '생활의 파트너'라는 관점에서 보면 내게 필요한 여자는 분명 미라였다.

"내가 동거 신청을 정식으로 한다면 미라는 받아주겠어?"

나는 불쑥 나도 모르게 이상한 소리를 내뱉었다.

"선생님은 철저한 독신주의자로 유명하시던데요. 그런데 왜 갑자기 동거하고 싶어지신 거죠? 혹시 나미씨에 대한 사랑에 지쳐서 그러시는 건 아닌가요?"

하고 미라가 차분한 목소리로 말했다.

"그럴지도 모르지. ……아까 얘기는 그냥 한 번 해본 소리였어. 또 난 올리브를 호강시켜 줄 만큼 돈이 많은 놈도 아니고. 하지만 내가 요즘 미라한테 이상한 동지애를 느끼고 있는 건 사실이야. 동거도 결혼만큼이나 성가신 거지만 이왕 동거를 한다면 성애적(性愛的) 결합보다는 '동지적(同志的) 결합' 쪽이 훨씬 더 낫다고 나는 늘 생각해 왔었지. 나미는 말하자면 '성애적 결합' 쪽에 드는 여자고…….”

“아무튼 선생님은 나미씨를 사랑하고 계시잖아요? 그런데 왜 저를 갖다 대시는 거죠? 또 나미씨도 선생님을 무척이나 좋아한다고 소문이 나 있던데요.”

“솔직히 말해서 나미 생각을 하면 오금이 저려올 정도야. 그토록 완벽하게 몸을 꾸미는 여자는 없으니까. 물론 나미도 날 아주 좋아하지. 내가 자기의 페티시즘(fetishism) 취향을 잘 이해하고 맞장구쳐 주니까. 하지만 나미는 나 혼자만의 여자는 절대로 아냐. 그리고 지금 엄연히 유부녀 신분으로 있고, 그 여자가 남편의 돈을 포기할 리는 없어. 나미는 돈 없인 못 사는 여자니까.”

반주로 곁들여 먹은 소주 탓인지 나는 계속 횡설수설하고 있었다. 아니 횡설수설이 아닌지도 몰랐다. 그만큼이나 나는 미라에게 의지하고 싶어 하고 있었다.

얼마 후 내 그림전시회가 끝났다. 생각보다 그림은 많이 팔리지 않았다. 그러나 신문이나 미술잡지 등의 매스컴에 나온 평(評)은 그렇게 나쁘지 않았다. 당돌하고 신선한 느낌을 주는 그림들이었다는 평이 대부분이었다. 나는 그것만으로도 큰 자위(自慰)를 삼아야 했다.

며칠 후 G사장이 나를 좀 만나자고 했다. 그래서 우리는 어느 호텔 커피숍에서 만났다. 이런저런 잡담 끝에 G사장이 말했다.

"미라 씨는 잘 하면 패션모델이 될 수도 있겠어. 패션모델은 우선 몸이 마르고 봐야 하니까 말야."

"그 말이 정말 일리가 있어. 하지만 미라 씨는 그런 생각을 해 본 적이 없대."

하고 내가 말했다.

"그러면서 그녀는 최고로 출세하려면 너무 험난한 길일 것 같다고 하더군."

하고 내가 덧붙였다.

"그럼 시집가서 이른바 현모양처가 되는 게 미라씨 꿈인가?"

하고 다시 G사장이 말했다.

"말하자면 그렇다고 할 수 있지. 하지만 돈이 아주 많은 남자라야 한대. 그녀의 소원은 지금 '돈'이거든."

하고 내가 대답했다.

좀 너무 노골적으로 말하지 않았나 하고 내가 후회하고 있는데 G사장이 다시 말했다.

"좀 더 자세한 사정과 희망사항을 물어 보게나. 미라씨가 결혼한다면 남자의 나이는 어느 정도라야 되겠나?"

"나이는 아무리 많아도 좋대."

"그럼 세컨드도 괜찮다는 얘긴가?"

하고 다시 G사장이 물었다.

"내가 보기엔 그런 문제엔 별상관을 하지 않는 것 같아. 왜 G사장이 미라를 데리고 살고 싶어 그러나?"

"데리고 살긴……, 난 엄연히 유부남인데 데리고 살 수야 없지. 미라도 남의 세컨드 노릇을 하고 싶어 하지는 않을 것 아닌가?"

"그건 그래. 자기한텐 지금 '돈'이 몹시 필요하지만 술집에 나가거나 세컨드 노릇을 하고 싶진 않다고 했어."

"내가 하고 싶은 얘기의 요점을 솔직히 말하겠네. 사실은 우리 아버님이 지금 새 장가를 가고 싶어 하셔. 어머님이 몇 년 전에 돌아가셨거든. 아버님이 워낙 기운이 좋으셔서 혼자 계시기가 힘드신 모양이야. 그런데 문제는 아버님이 아주 젊은 여자를 원하고 계시다는 거야……. 그리고 나나 동생들이 고민하고 있는 건 아버님이 돌아가신 다음의 유산분배 문제야. 만약 아버님이 새장가를 가시면 유산이 새어머니한테 많이 갈 게 아니겠나?"

G사장의 부친은 상당한 재산가였다. 그러니 자식들이 유산 문제에 신경을 곤두세울 만했다. 그런 상황에서는 G사장이나 그의 형제들이 부친이 새장가를 가지

않기를 바라고 있을 건 뻔한 일이다. 그런데 G사장의 부친은 젊은 여자를 아내로 맞아 말년을 멋지게 즐기고 싶어 하고 있는 모양이었다.

"아버님이 그토록 간절하게 새장가를 가고 싶어 하시나?"

하고 내가 G사장에게 물었다.

"사실 우리 형제들은 한사코 뜯어말리려고 노력했지. 하지만 아버님이 워낙 고집이 세셔서 통 우리 말을 안 들으시는 거야. 그리고 우리더러 중매쟁이를 통해서든 어떻게 해서든 간에 여자를 한 번 물색해 보라고 명하셨다네. 자식 된 도리로 아버님의 뜻을 거역하기도 어렵고, 또 아버님 뜻에 따르자니 여자를 구하기도 어렵고 해서 지금 고민하고 있는 중일세."

하고 G사장이 대답했다.

"여자를 구하긴 쉬울걸. 요즘 세상에 돈 가지고 안 되는 일은 없으니까."

"그 말은 맞네. 하지만 우리가 겁을 내는 건 여자가 너무 돈 욕심이 있으면 안 된다는 거야. 말하자면 유산 분배에 너무 관심을 가져선 안 된다는 얘기지. 또 성격도 얌전한 여자라야 할 거고……."

"그래서 미라 얘길 꺼냈군. 미라를 아버님께 시집보내고 싶은 생각이 들었나 보지?"

"맞네. 미라가 참 착해 보였어. 다만 아버님과 나이 차이가 너무 많아 그게 걱정이지. 미라가 펄쩍 뛰며 거절할 것 같아서 말야."

나는 G사장의 얘기를 듣고 미라의 얼굴을 마음속에 떠올려 보았다.

G사장의 제의에 펄쩍 뛰며 자존심 상해 할 것도 같고 그런대로 수긍할 것도 같았다.

"그런데…… 만약에 미라가 G사장의 제의를 수락한다면 미라에게 어떤 조건을 달 건가?"

하고 내가 한참 생각 끝에 G사장에게 물었다.

"조건이라니? 무슨 뜻으로 얘기하는 거지?"

"아까 내가 들은 얘기로 미루어 봐서, G사장은 아버님의 유산을 새어머니에게 너무 많이 뺏길까 봐 걱정을 하고 있는 것 같아서 하는 얘길세."

"그걸 지금 고민하고 있다네. 나나 동생들 생각으로는 미리 계약서를 작성하는 것이 좋겠다고 보고 있네. 물론 아버님 모르시게 우리 형제들과 새어머니감 되는 여자 사이에 맺는 계약이지. 미리 몫돈으로 얼마 가량을 주면 그걸 받고 유산 문제엔 일절 관여 안 한다는 약정을 맺어두는 거야."

"미리 몫돈으로 줄 수 있는 금액이 얼마나 되는데?"

"글쎄……. 우리로선 지금 40억에서 50억 사이를 생각하고 있어."

"아버님은 근력이 지금 얼마나 좋으신가?"

"상당히 건강하신 편이야. 하지만 사람의 일은 몰라서 얼마 후 갑자기 돌아가실 수도 있고 아주 오래 사실 수도 있어. 계약을 할 때 아버님이 앞으로 사실 연수(年數)를 감안하여 신축성을 둘 수도 있네."

"이젠 대충 알아들었네. 그러니까 나더러 미라를 만나 의향을 떠보라는 얘기 아닌가?"

"맞네. 미라가 정 돈이 필요하다면 아버님과 결혼하는 것도 그리 나쁜 일은 아닐 것 같아. 나이가 너무 많은 게 흠이지만 아버님의 성격이 워낙 좋으신데다가 나이 차이가 많아 사랑을 실컷 받을 테니까 말야. 그리고 우리가 미리 주는 돈과는 별개로 아버님이 돈을 따로 주실 테니까 실컷 사치를 부려볼 수도 있을 거고."

"알았네. 내가 차차 시간을 봐서 미라를 만나 의향을 물어보도록 하지."

할 얘기는 대충 다 했으므로 우리는 커피숍을 나왔다.

G사장의 묘한 제안을 듣고 나니 마음이 참으로 싱숭생숭해졌다. 여자가 부러워지기도 하고 돈이 부러워지기도 했다. 그리고 미라가 만약에 돈에 팔려 G사장 부친에게 시집을 간다면 내가 무척이나 서운해 질 것 같

은 생각이 들었다.

　나는 피카소 클럽으로 갔다. 클럽에는 마침 나미가 나와 있었다. 나는 나미의 얼굴을 보며 미라의 얼굴을 비교해 보았다. 나미의 얼굴에는 센티멘탈한 구석이 없었고 미라의 얼굴에는 센티멘탈한 분위기가 흘러넘치고 있었다. 나미의 얼굴이 요염하다면 미라의 얼굴은 청초했다. 둘 다 예쁘지만 나한테는 모두 '그림의 떡'이었다.

　며칠 후 나는 미라를 만났다. 토요일 오후였다. 미라는 내가 만나자는 청을 선선히 응낙해 주었다.

　"미라, 오늘 미라를 보자고 한 건 긴히 할 얘기가 있었기 때문이야."

　하고 내게 말문을 떼었다.

　"무슨 내용의 얘기시죠? 선생님 얼굴 표정이 굳어 있어서 미리부터 긴장이 되네요."

　"심각하게 생각하면 심각한 얘기일 수도 있고 아무렇지도 않게 생각하면 그저 그런 얘기일 수도 있지. 어쨌든 미라의 장래에 대한 얘긴데 담담한 마음으로 들어 줘."

　나는 이렇게 말하고 나서 G사장이 내게 얘기한 내용을 자세하게 전해주었다. 미라는 별로 동요하는 기색도 없이 내 얘기를 차분한 표정으로 들었다. 나는 그녀의 냉정한 침착성이 새삼 신기하게 느껴졌다.

"저한테는 미리 줄 돈의 액수가 40억에서 50억 사이라고 하셨죠? 그럼 45억쯤 된다는 얘긴가요?"

내가 한 말을 다 듣고 나서 미라가 내게 물었다. 역시 차분한 음색이었다.

"그건 흥정하기 나름이겠지. 60억을 받아낼 수도 있고 아니면 더 받아낼 수도 있고 ……."

하고 내가 미라에게 말했다. 미라는 머리를 약간 숙이고 곰곰이 생각에 잠겨 있었다. 그래서 내가 다시 미라에게 이렇게 말했다.

"미라는 돈에만 관심이 있군. 결혼할 상대방이 어떤 사람인지 궁금하지도 않아?"

"물론 궁금하죠. 하지만 솔직히 말해서 우선은 제 몸값에 더 관심이 가요."

하고 미라가 말했다.

"그 양반이 너무 오래 살면 어떡하지? 그러면 미라는 청춘을 다 허비하게 되는데 ……."

"그렇다고 빨리 돌아가시라고 굿을 할 수도 없는 일 아니겠어요?"

"난 G사장의 제안이 너무 황당하다고 생각했어. 그리고 미라의 청춘이 아깝게 생각되기도 했고. 그런데 미라는 그런 생각이 전혀 안 드나보지?"

"왜 그런 생각이 안 들겠어요. 저도 제 청춘이 한심스럽지요. 하지만 그렇게 큰 목돈을 쥘 수 있는 기회도 아주 드물지 않겠어요?"

"그건 그래. 그리고 실컷 호강과 사치도 부려 볼 수도 있을 것 같고……. 하지만 난 괜히 슬퍼지는군."

"인생은 이래도 슬프고 저래도 슬픈 거예요. 선생님은 인생을 저보다 훨씬 더 많이 경험하셔서 더 잘 아실 텐데요."

"그래도 좀 더 다른 기회를 기다려 보는 게 낫지 않을까? 돈 많은 젊은 남자가 미라 앞에 나타날지도 모르니까 말야."

"이젠 '백마 탄 기사'는 존재하지 않아요. 신데렐라도 없구요. 아무튼 전 그렇게 생각해요."

"내가 보기엔 당사자들끼리 만나보고 결정해야 할 일인데 미라는 벌써부터 반(半)승낙을 한 것처럼 얘기하는군. 나로서는 꽤 놀랐는걸."

"물론 상대방을 만나봐야겠죠. 하지만 솔직히 저한테는 구미가 당기는 제안이에요."

"미라한테 좀 실망 했는걸. 아니, 실망이 아니라 경탄일 수도 있지. 미라가 너무 솔직하게 나오니까."

미라와 나는 저녁 때까지 이런저런 이야기를 나누다

헤어졌다. 내가 미라를 그녀의 집 근처까지 바래다주었다.

집으로 돌아와서 나는 G사장에게 전화로 미라의 의향을 전해 주었다. G사장은 며칠 후 약속을 정하여 미라를 직접 만나보고 싶다고 말했다. 그래서 나는 중간에 서서 두 사람이 만날 시각과 장소를 주선하는 역할을 맡기로 했다. G사장과 나는 다음 화요일 저녁 정도로 우선 시간을 잡았다.

월요일이 되자 나는 〈미술계〉사로 전화를 걸어 미라와 통화를 했다. 그리고 G사장과 만날 장소와 시간을 알려주니 미라는 좋다고 했다. 그 자리에 나까지 끼기는 싫어 나는 나가지 않기로 했다. 어떻게 흥정이 되든, 그리고 G사장의 부친과 미라가 쿵짝이 들어맞든 안 맞든, 이젠 내가 상관할 일이 아니었다.

그리고 나서 열흘쯤의 시간이 지나갔다. 피카소 클럽에 나가 G사장을 만나보니 모든 일이 일사천리로 잘 진행됐다는 것이었다. G사장의 부친은 미라를 아주 마음에 들어 했고, 미라도 G사장의 부친에게 부정(父情) 비슷한 것을 느끼며 은근히 좋아하는 눈치를 보였다는 것이었다. 다만 미라에게 갈 돈의 액수만은 말해주지 않겠다고 했는데, 눈치를 보니 미라가 흥정을 아주 잘한 것 같았다.

나는 G사장의 말을 듣고 약간 야릇한 마음을 느꼈지만 속이 그렇게 부글부글 끓어오르지는 않았다. 어쨌든 미라는 자기가 갈 길을 능동적으로 선택한 것이기 때문이었다.

미라와 G사장 부친의 혼인의식은 간단한 절차로 이루어졌다. 아무도 초대하지 않고서 가족들끼리만 모여 조촐한 자리를 가졌다고 했다.

미라가 시집을 간 후 나는 〈미술계〉사에 들를 때마다 한동안 허전한 마음을 느꼈다. 미라는 이혼 후 처음으로 내가 '동거'에 대해 생각해 보도록 만든 여인이기 때문이었다. 하지만 차차 시간을 두고 생각해 보니 내가 동거에 대해 생각해 봤다는 사실 자체가 우스꽝스러운 일로 생각되는 것이었다.

그러면서도 나는 '정(情)'에 대해 몹시 갈증이 느껴지는 것을 의식했다. 오랫동안 혼자서만 살아왔고 또 말년을 앞두고 있어서 그런지도 몰랐다. 하지만 따져서 생각해 보면 정(情) 역시 부질없는 것이었다. 설사 부모 자식간이나 형제간이라 할지라도 진짜로 깊은 정을 나눌 수 없는 게 현실이기 때문이었다.

이런 생각에 잠길 때마다 신경질적인 성욕이 몰려오는 게 신기했다. 신경질적인 성욕과 신경질적인 수음(手淫), 그리고 그 뒤에 오는 허탈감. 수음을 할 때마다 나는 환상 속의 야하디야한 여자 모습을 떠올렸고 그녀의 긴 머리카락과 긴 손톱을 상상 속에서 형상화시켰다. 그런 페티시들은 나를 성적으로 긴장하게 만들면서 다른 한편으로는 성적으로 허전하게도 만들었다. 어쨌든 나는 더욱 외로움을 느꼈고 허무감을 느꼈다.

6

첫 사랑의 추억

나는 최근들어 "사랑해서 섹스하는 것이 아니라 섹스해서 사랑하게 되는 것이다"라는 말을 자주 되풀이하여 내 글에 쓰는 경우가 많다. 그런 의미에서 볼 때 섹스(물론 여기서 말하는 섹스는 단순히 삽입성교만을 의미하지 않고 오럴 섹스나 SM 섹스 등 다양한 헤비 페팅 [Heavy petting]의 의미를 더 강하게 띠고 있다)를 하지 않고 그냥 정신적으로만 사랑했던 여인들은 일단 '첫사랑'의 범주에서 제외시켜야 한다고 본다.

내가 처음으로 '섹스해서 사랑하게 된 여인'은 대학 2학년 때 만난 B였다. 그녀는 나와 같은 2학년으로 서울의 C대학에 재학하고 있었다.

정말 우연한 자리에서 '운명적으로' 만난 여인이었는

데, 그녀가 그 나이 때의 다른 여학생들에 비해 엄청나게 화장을 야하게 하고, 또 손톱까지 길게 기르고 있어 나의 성욕을 급작스럽게 발동시켰다.

그래서 나는 그녀가, 천천히 뜸들여 가며 '정신적인 사랑'을 위장하고서 접근해 가지 않아도 되는 야한 여자라는 것을 금세 간파했다. 하여 우리는 금세 서로 죽이 맞아 가지고 술을 함께 거나하게 마신 후(그때만 해도 여대생 가운데 술을 많이 마시는 애들이 드물 때라 나는 그녀의 대단한 음주량만 보고서도 깊이 감동했다) 곧바로 여관으로 직행했다(그때는 모텔이라는 곳은 없고 모두 여관이었다).

나는 그때나 지금이나 진정한 성기는 자지나 보지가 아니라 혓바닥이라고 굳게 믿고 있는 사람이다. 게다가 미혼 시절에 엉겁결에 하게 되는 삽입성교는 곧바로 임신을 유발할 수 있어 남녀가 피차 괴롭게 된다. 남자가 콘돔을 끼고 성교를 하면 포근한 살갗의 감촉을 맛볼 수 없어 남녀가 둘다 진짜 오르가즘을 즐기기 어렵다.

여관방에 들어가자마자 우리는 먼저 거추장스러운 옷부터 홀러덩 벗어제끼고, 진짜로 진한 성희(性戱)에 몰두하였다. 그야말로 이심전심(以心傳心)이란 말 그대로였다. 만나자 마자 여관으로 직행해준 그녀의 대담한 야인정신(野人精神)과 섹시한 매력에 나는 푹 빠져

들었다. 남녀가 둘이 만나자마자 서로 동시에 사랑에 빠져든다는 게 나는 통속적인 연애소설에서나 나올 수 있는 해프닝으로 보였었는데, 우리가 바로 그런 드라마틱한 연애의 소용돌이 속으로 정신없이 빠져들게 된 것이었다. 그것을 가능하게 한 것은 역시 '섹스(넓은 의미에서)'의 위대한 힘이었다.

요즘 젊은이들에게, 내가 대학 2학년 때인 1970년은 무지무지하게 고리타분한 옛날로 여겨질 것이다. 하지만 실제로 1970년대를 젊은 상태로 살았던 내가 보기엔 오히려 요즘 2010년대가 고리타분하게, 다시 말해서 전혀 안 야하게 느껴진다.

나는 1969년에 대학에 입학했는데, 당시는 세계적으로 프리섹스의 열풍이 거세게 몰아닥칠 때였다. 프랑스 젊은이들이 일으킨 68혁명의 여파가 한국에도 큰 영향을 미쳤다. 당시는 프리섹스 운동뿐만 아니라 대중 음악이나 팝 아트, 또는 전위연극 등에서 지금보다 오히려 더 야한 기운이 펄펄 끓어넘쳤다.

요즘 KBS TV 프로그램에 〈70·80 콘서트〉가 여전히 건재하고 있는 것만 보더라도, 당시 대중 음악이 얼마나 수준 높았는가를 알수 있다. 'Hard Rock' 음악의 최전성기가 바로 1970년대였고, 한국의 TV 방송에서 대단한 인기를 누렸던 〈대학가요제〉 중 지금까지도 계속 리메이크되고 있는 곡들이 출현한 것도 1970년대였다. 요즘에도 〈대학가요제〉가 계속 치뤄지고 있지만, 1970년대 때 대학가요제에서 입상했던 노래만한 수준의 곡이 나오는 것을 나는 보지 못했다.

그당시 첨단 예술이나 대학생 문화의 중심지 역할을 했던 곳은 명동이었다. 여러 '라이브 카페'가 명동에 자리 잡고서 신중현, 김민기, 송창식, 양희은, 김추자 등 수많은 천재적 음악인들을 배출해 내었다.

내가 그때를 가장 못 잊어하는 이유 가운데 하나는, 당시 젊은 여성들이 입고 다녔던 섹시발랄한 전위적 패션과 짙은 색조 화장이다. 요즘은 '쌩얼'이니 '투명 메이크업'이니 해가며 내숭을 떨어 대지만, 1970년대 당시엔 여자들이 일부러 과장적으로 티나는 화장을 했다. 눈두덩에는 연두색이나 보라색같이 튀는 색깔의 아이새도를 칠했고, 뺨에다가도 짙은 장미빛 볼터치를 했다. 그리고 파운데이션도 정말 두텁게 쳐 발랐다. 당시에는 젊은 여자가 안 야한 옷을 입으면 '촌년' 취급을 받았고, 아무리 추운 겨울이라도 무조건 초미니 스커트였다.

그런 추세에 발맞춰 요즘 유행하는 '원 나잇 스탠드'보다도 더욱 발악적인(그리고 허무주의적 퇴폐가 흐르는) 프리섹스가 연애문화의 흐름을 주도하고 있었던 것이다.

B와 나는 첫 만남 이후 참 자주 만났다. 만나서 길게 대화를 나누거나 토론을 벌인 적은 한 번도 없었다. 무조건 술집으로 가서 술을 마시고, 그 다음엔 여관이었다.

그때는 여대생들이 겉은 야하게 꾸미고 다니더라도 술은 많이들 못 마셨다. 그런데 B의 주량은 남자인 나를 능가할 정도였다. 그래서 보통 땐 주로 막걸리집으로 갔고, 돈이 좀 생겼을 때는 맥주집으로 갔다.

맥주집 중에서 우리가 제일 자주 갔던 곳은 명동의 'OB's Cabin'이었다. 서구에서 막 들어온 첨단 음악이 흘러나왔고 일정한 시간이 되면 젊은 신세대 가수들이 직접 출연하여 노래를 불렀다. 생맥주집이라서 값도 비싸지 않았다.

그렇게 명동에서 논 다음에 우리는 가까운 남산으로 올라가 남산 초입에 많이 있었던 여관으로 갔다.

그녀와 나는 주말이나 방학 때는 먼 곳으로 자주 놀러가기도 했다. 주말에는 서울역이나 신촌 기차역에서 교외선 열차를 타고서 송추, 일영, 장흥 같은 곳에 가서 1박 2일의 페팅을 즐겼고, 방학 때는 속리산, 해운대,

무주 구천동, 내장산, 제주도 등으로 여행을 떠났다.

먼 곳으로 가서도 우리는 차근차근 경치를 감상한 적이 한번도 없다. 무조건 방안에서 하는 '음란한 레슬링'으로 온 밤을 홀딱 새우는 일이 많았다. 특히 전주에서 버스를 타고 무주 구천동으로 가는 동안 눈이 엄청나게 내려서 찻길이 막힌 적이 있다. 할 수 없이 차에서 내려 어느 이름모를 한촌(寒村)의 여관방에서 하루 24시간 내내 헤비 페팅을 즐겼는데, 눈이 너무 많이 쌓여 집 밖으로 나갈 수조차 없었기 때문이었다.

그렇게 맹렬히 연애를 하다 보니 자연히 데이트 자금이 많이 들어갈 수밖에 없었는데, 다행스럽게도 그녀가 꽤 부자집 딸이라 용돈을 풍부하게 쓸 수 있었고, 또 나도 고교생들 과외 지도를 많이 했기 때문에 그럭저럭 데이트 자금을 조달할 수 있었다.

B와 나는 그렇게 오로지 '육체관계'로만 3년 가까운 기간을 정신없이 헤롱거리며 사귀었다. 그러니까 내가 대학을 졸업하고 대학원에 입학해 몇달 될 때까지다.

그렇게 찰떡궁합이던 우리가 결국 헤어지게 된 것은 (내 쪽에서 헤어지자고 제의했다), 그녀의 '마농 레스코' 같은 유별난 바람기 때문이었다. 나 말고도 그녀는 많은 남자들의 꼬심에 적당히 넘어가 주었고, 특히 나와 친한 친구의 꼬심에까지 넘어가 주는 것이었다.

여자 문제에 있어서만은 '우정'이란 정말 믿을게 못 된다는 것을 나는 그 때 알게 되었는데, 나와 친한 친구 녀석 하나가 그녀를 보더니 맹렬하게 그녀를 공략했기 때문이었다.

B가 내 친구까지 따먹는 걸 보고서 나는 도저히 참을 수가 없었다. 그래서 울고 불며 잘못 했다고 용서를 비는 그녀를 과감하게 차버릴 수밖에 없었던 것이다. 물론 입맛을 쩍쩍 다셔가면서.

7

판타지로 도피하여

나는 1992년 8월에 출간한 장편소설 『즐거운 사라』
가 야하다는 이유로 그 해 10월 29일에 뜬금없이 구속
되었다. 판매금지 처분만 해도 울화통이 터질 판인데
형사범 취급에다 역사상 유례가 없는 인신구속(그것도
강의가 한창 진행 중인 학기 중에!)이었으니 기통이 터
질 노릇이었다.

　도주 및 증거인멸의 우려도 없는데다가 현행범도 아
닌데 긴급구속이라니…… 그런 황당한 법 집행인데도
구속적부심 신청은 기각되었고 보석 신청도 기각되었
다. 그래서 나는 꼬박 두 달 동안 구치소 신세를 져야
했는데, 당시 언론의 하이에나 같은 작태와 어용적 지
식인들의 비이성적 마녀 사냥 취미로 봐서는 집행유예

로 풀려나온 것만도 다행이었다.

감옥생활이 끝나긴 했지만 재직하고 있던 대학에서도 직위해제를 당해 할 일이 없었다. 원고 청탁도 없었고 방송출연 요청이나 강연 요청도 없었다. 어느새 나는 사회에서 가혹하게 버림받은 희생양이 돼버린 것이었다. 교권과 표현의 자유를 유린당한 데 대한 울화까지 겹쳐, 글을 쓰는 것은 고사하고 책 한 권조차 읽을 수 없는 형편이었다.

그래서 집에서 빈둥빈둥 놀며 하릴없이 한(恨)만 쌓아가고 있는데, 그런 내가 딱해 보였는지 화가 친구 한 명이 스트레스도 풀 겸 그림을 한 번 본격적으로 그려보라고 권했다. 그 친구는 1991년 봄 〈4인의 에로틱 아트전(展)〉을 열면서 나를 끼워 넣어 주었던 친구였다. 내가 내 책의 표지화나 연재소설 삽화를 그리는 것을 보고, 화가도 아닌 나를 전시회에 참여시켜주었던 것이다.

그런데 그땐 내가 글 쓰는 일로 바빴고 또 작업실도 없었던 지라 먹 하나만으로 그린 작은 크기의 문인화(文人畵)만 출품할 수밖에 없었다. 그래서 큰 크기의 유화나 아크릴화를 그려보고 싶은 욕심이 생겼었는데, 다른 일로 바빠 차일피일 미뤄왔던 것이었다. 그 화가 친구는 내가 그림을 50점 정도 그린다면 화랑을 주선하여 초대전(招待展)까지 열어주겠다고 했다.

전시회 얘기를 들으니 나는 문득 겁이 나 한동안 망설일 수밖에 없었다. 취미로 문인화나 수채화, 파스텔화 같은 것을 그려보긴 했지만, 캔버스를 펼쳐놓고 유화 등의 본격적인 그림을 그려본 적은 한 번도 없었기 때문이었다. 그렇지만 아무 하는 일 없이 빈둥대다가는 울화병으로 고꾸라져버릴 것 같은 생각이 들어 결국 그 친구의 권유에 따르기로 하였다.

다만 작업공간이 없어 고민이었는데, 그 친구는 자기의 작업실을 같이 쓰면 어떻겠냐고 했다. 하지만 아무래도 폐가 될 것 같고 또 혼자서 그리는 게 더 좋을 것 같아 망설이고 있는데 마침 좋은 원조자가 나타났다. 몇 년 전부터 알고 지내던 젊은 사업가 K씨가 우연히 그 얘기를 듣고서 가평 외진 곳에 있는 자기의 별장을 빌려주겠다고 나선 것이었다. 자기는 지어만 놨지 쓰는 일이 거의 없고, 아무래도 자연 속에 묻혀 그림에 몰두하다 보면 한결 울화가 가실 게 아니냐는 것이었다. 나는 K씨의 제안을 고마운 마음으로 받아들이기로 했다.

K씨의 별장은 정말 외진 곳에 있었다. 경기도 가평읍에서 한참 들어간 명지산 골짜기 깊숙한 곳에 숨어 있었는데, 돌로 지은 아담한 단층 건물에 취사시설이 갖춰져 있어 별 불편함 없이 지낼 수 있을 것 같았다.

나는 별장에 도착한 후 준비해간 그림 도구들을 내려
놓고 자그마한 벽난로에 불을 지폈다. 뭉긋이 타들어가
는 장작불을 바라보며 나는 비로소 마음이 가라앉아 오
는 것을 느꼈다. 그날 이후로 나는 한적한 산골의 정취
를 즐기며 모처럼 그림 삼매경에 빠져들어 갈 수가 있
었다.

한가롭게 빈둥대며 그림을 그리기 시작한 지 보름쯤
지난 어느 날, 내가 침대 위에서 낮잠을 자고 있는데 문
득 인기척이 났다. 눈을 떠보니 갈색 옷을 입은 사람이
침대 앞에 서 있었다. 양복도 아니고 한복도 아닌 옷으
로 흡사 아라비아 사람들의 내리닫이 옷을 연상시켰다.
옷차림으로 보아 남자긴 남잔데 꼭 여자처럼 예쁘장하
게 생긴 남자였다. 그는 조심스런 목소리로 내게 말했
다.

"임금님께서 마 선생님이 오시기를 바라고 계십니
다."

임금님이라는 말이 어이없게 들려 나는 얼른 뭐라고
대답을 할 수가 없었다. 그래서 잠자코 그 사내를 바라
보고만 있었는데, 사내의 얼굴 표정이 너무도 진지해
보였다. 나는 무슨 말이든 대꾸를 해 주는 것이 예의이
겠다 싶어 그 사내에게 말했다.

"임금님이라니요. 임금님이란 대체 누구를 말하는 것

입니까?"

그러자 그 사내는 더욱 진지한 얼굴 표정을 해가지고 이렇게 대답하는 것이었다.

"바로 이웃에 살고 계신데 가보면 아십니다."

그러고는 내 팔을 정중하게 붙잡고서 나서기를 재촉하는 것이었다. 그래서 나는 재미 삼아 그 사내를 따라 나서보기로 했다.

밖으로 나가 골짜기를 지나 한참을 올라가니 보통 땐 전혀 보이지 않던 희한한 풍경이 펼쳐졌다. 드넓은 평원에는 오색 꽃이 만발해 있었고 싱그러운 바람결을 따라 희귀한 색조의 새들이 날아다니고 있었다. 가슴이 탁 트이며 머리가 맑아지는 기분이었다.

저 멀리 평원 한가운데 휘황찬란한 궁전 하나가 보였다. 그 궁전은 평소 내가 동경해 마지않던 『아라비안나이트』풍의 이슬람 건축양식으로 되어 있었다. 나는 비좁은 한국 땅, 그것도 깊디깊은 산중에 광활한 평원이 펼쳐져 있고, 거기다 보석들로 뒤덮여 웅장한 위용을 자랑하는 하렘(harem) 풍의 궁전이 있는데 놀랐다. 내가 벌어진 입을 한동안 다물지 못하고 있자 그 사내는 빙그레 웃으면서 이렇게 말하는 것이었다.

"마 선생님께서 쓰신 책을 보니 옹색한 한국의 풍광(風光)과 좁디좁은 한국인들의 심성에 염증을 느끼고 계시더군요. 그리고 중동 풍의 궁전과 하렘 안에서의 유쾌한 쾌락을 늘 상상하시는 것 같아 이런 모양으로 준비했지요."

나는 사내가 한 말의 뜻을 얼른 알아챌 수가 없었다. 한참을 생각해 보고 나서 나는,

"혹시 이런 경치와 궁전이 모두 다 신기루가 아닙니까?"

하고 물어보았다. 그러자 그 사내는,

"신기루는 없습니다. 있는 것은 마음뿐이지요."

하고 알쏭달쏭한 대답을 하는 것이었다.

한참을 걸어가 궁전 안으로 들어가니 벽과 바닥과 천장이 온통 휘황찬란한 보석들로 뒤덮여 있었고, 번쩍이는 샹들리에들이 고혹적인 불빛을 은은하게 내뿜고 있었다. 나는 어쩐지 가슴이 두근거려지는 것을 느끼며 한 발짝 한 발짝 걸어 들어갔다. 여인의 살내음 비슷한 희한한 향기가 궁전 안을 감싸고 있었는데 도저히 이 세상 냄새로는 생각되지 않았다.

보석으로 뒤덮인 수십 개의 문을 지나 널따란 회랑으로 들어서니 하렘의 후궁들인 듯, 배꼽을 드러낸 요염한 얼굴의 젊은 여인들이 여기저기 몰려서서 배시시 미소를 흘리고 있었다. 잠자리 날개같이 투명한 의상이

여인들의 풍만한 몸매를 드러내주고 있었고, 빗자루처럼 긴 색색가지 속눈썹을 붙인 여인들의 그윽한 눈이 요사한 추파를 흘리며 나를 맞아주고 있었다.

나는 겹겹의 문을 거치고 계속 앞으로 나아가 드디어 어마어마하게 큰 궁전의 중앙 홀로 안내되었다. 창문이 보이지 않는데도 불구하고 연보랏빛의 환한 빛이 흘러들어 실내를 감싸고 있었다. 거기서는 내시의 두목쯤 되는 사람인 듯, 나이 많은 사내 하나가 나를 맞아들이며 환영의 인사를 했다.

"어서 오십시오. 우리 임금님께서 마 선생님의 훌륭한 인품과 재주를 흠모하셔서 한 번 꼭 만나고 싶어 하시므로 이렇게 모셔오게 되었습니다."

나는 '선정미(煽情美)어린 장려(壯麗)의 극치'라고 표현할 수밖에 없는 중앙 홀의 화려함에 놀라 왠지 주눅이 들었다. 그래서 모기만한 목소리로 임금님이 대체 어느 분이시냐고 물어보았다. 그러자 그 사내는 앞으로 자연 알게 되실 거라고만 대답하는 것이었다.

얼마 안 있어 시녀 네 명의 부축을 받으며 임금이 나타났다. 나이가 삼십대 후반으로 보이는 여자인데, 위엄이 엿보이는 가운데 빼어난 미모를 지니고 있었다. 여왕은 너무나 많은 장신구를 하고 있어 그 무게를 지탱하기 어려워하는 것처럼 보였다. 특히 묵직하게 매달린 귀걸이가 그랬는데, 두 명의 시녀가 여왕의 양쪽 귀걸이를 손으로 받쳐 들고 있었다. 열 개의 긴 손톱에는 작은 보석들이 촘촘히 박혀 있는 황금 손톱끼우개가 끼워져 있었다.

이윽고 여왕은 내게 말했다.

"이웃에 이사 오셔서 그림을 그리시게 되었으니 여간 인연이 깊지 않습니다. 아무쪼록 편히 쉬시면서 즐겨주시기 바랍니다."

말을 마치고 나서 여왕은 오른손의 긴 검지손가락을 들어 주연을 시작하라고 명령했다.

곧이어 산해진미를 차린 주연상이 내시들의 손에 들려 나오고, 간드러질 듯 요염한 모습을 한 반라의 시녀들이 줄지어 따라 나왔다. 그리고 여자 악사들이 홀 좌우에 자리 잡고 앉아 연주를 시작했는데, 모두 다 내가 좋아하는 아라비아풍의 관능적 음률이었다. 우윳빛 상체와 색색가지 거웃들을 망사 옷감 사이로 드러낸 수십 명의 무희들이 신나게 배꼽춤을 추어댔고, 그네들이 춤을 출 때마다 보석 장신구들이 영롱하게 쩔렁대는 소리를 냈다. 나는 머리통과 오장육부가 욱신욱신 해롱거려 오는 것을 느끼며 그들을 멀건히 바라보고 있었다.

내 양 옆에서는 손톱을 길고 뾰족하게 기르고 발끝까지 닿는 귀걸이와 젖꼭지걸이를 단 시녀 두 명이 들러

붙어 앉아 시중을 들어 주고 있었고, 다른 네 명의 시녀가 등받이와 팔받침 역할을 해 주고 있었다. 그네들 몸에서 풍겨 나오는 독한 향수 냄새가 최음제 역할을 하여 나는 넋이 나가는 듯하였다.

술잔이 서너 번 돌아간 뒤, 여왕이 드디어 입을 열고 본론을 꺼냈다.

"내가 애지중지하는 공주의 이름이 하필 '사라'지요. 인간들이 하도 떠들길래 나도 마 선생님이 쓰신 『즐거운 사라』를 읽어봤습니다. 그리고 그 전에 쓰신 『권태』 『광마일기(狂馬日記)』 『나는 야한 여자가 좋다』 같은 책들도 읽어봤는데, 천의무봉한 솔직성과 상상력이 정말 대단하시다고 느꼈습니다. 마 선생님이 『즐거운 사라』란 책을 쓰시게 된 걸 우연의 일치라고만은 볼 수 없겠지요. 그건 마 선생님과 내 딸이 전생의 인연으로 맺어져 있다는 것을 암시하는 게 아니겠습니까? 선생님께서는 지금 그 책 때문에 황당무계한 고초를 겪고 계시는데, 선생님을 위로해 드리기 위해서라도 내 딸을 선생님께 바치기로 했습니다. 그러면 내 딸은 진짜 '즐거운 사라'가 될 것이고, 선생님 역시 '즐거운 광수'가 되실 게 분명하니까요."

말을 마치고 나서 여왕은 시녀들에게 명하여 공주를

데리고 나오게 하였다. 잠시 후 귀걸이, 코걸이, 입술걸이, 목걸이, 팔찌, 반지, 배찌, 발찌, 발가락찌, 종아리찌, 젖꼭지걸이, 배꼽걸이, 음순걸이 등의 장신구들이 왱그랑 쟁그랑 흔들리는 소리가 들려오면서, 숨이 막힐 것만 같은 섹시한 향수 냄새와 함께 공주가 나타났다. 황금빛 머리카락은 발꿈치를 지나 바닥까지 흘러내려 올 정도의 길이였고, 시녀 한 명이 공주의 머리채를 조심스럽게 받쳐들고 있었다. 20센티미터가 넘는 긴 손톱 끝마다 가느다란 금실로 엮은 금방울을 달고 있는 것이 이채로웠다.

얼굴의 피부 빛깔은 황금빛이 살짝 도는 순백색이었다. 나이는 열일곱 여덟 살쯤 되었을까. 이 세상 여인이라고는 도저히 생각할 수 없으리만큼 빼어나게 뇌쇄적이면서 신비한 아름다움을 지니고 있었다. 굳이 설명하자면 젊었을 때의 나스타샤 킨스키에다가 젊었을 때의 마릴린 먼로, 그리고 젊었을 때의 비비안 리의 얼굴을 한데 합쳐놓은 데다가 나오미 캠벨과 클라우디아 쉬퍼의 몸매를 붙여놓았다고나 할까. 하지만 그 정도의 비교 가지고서는 그녀의 아름다움을 설명할 수가 없다. 청초하면서도 육감적이고 또렷하면서도 아련한 그녀의 외모는, 마약처럼 피어오르는 새벽 안개 속에서 고혹적인 자태를 드러내고 있는 핑크빛 장미 꽃송이를 연상시켰다.

특히나 길디긴 손톱과 길디긴 발톱, 그리고 폭포수처럼 흘러내리는 머리카락더미는 나를 계속 아찔하게 만들었다. 가느다란 연필 같은 체형(體形)의 날렵한 몸매에는 엄청난 크기의 유방이 매달려 있어 극단적인 언밸런스의 미학을 보여주고 있었고, 아기 주먹 만한 얼굴은 시간이 지나갈수록 더욱 더 다채로운 형광색을 띠어가고 있었다. 움푹 들어간 눈두덩은 금색과 청동색과 연두색 아이섀도로 광택 있게 번들거리며 반사광(反射光)을 만들어 냈다. 찢어질 듯 위로 뻗어나간 보라색 아이라인과 두텁디두터운 무지갯빛 속눈썹 아래에서는 황금빛 동공이 허공을 그윽하게 응시하고 있었다.

곧이어 나는 눈부시게 화려하고 황당하리만큼 사치스러운 신방으로 안내되었다. 시녀들까지 줄줄이 따라와 우리의 첫 방사(房事)를 도와주기도 하고 또 관객 역할을 해 주기도 했다. 공주가 나를 펠라티오 해 줄 때 내 몸과 공주의 몸에 들러붙어 미칠 듯이 핥아댄다거나, 공주와 내가 진한 키스를 할 때 빙 둘러 서서 에로틱한 노래를 불러주는 식이었다.

처음엔 시녀들이 그러는 게 어색하게 느껴졌지만 나중엔 오히려 더 재미있고 운치가 있었다. 다만 공주가 내게 삽입을 허용하지 않고 진한 페팅만 하도록 하는 것이 아쉬웠는데, 그녀의 애무기술이 기막히게 선정적이면서도 요요(夭夭)하여 오히려 더 큰 쾌감을 맛볼 수 있었다.

공주와 나는 약 한 달 동안 꿈결 같은 시간을 보냈다. 도대체 그 궁전 안에는 온통 여자들 뿐이었다. 내가 내 시라고 생각했던 사람들도 알고 보니 다 여자였다. 다만 남자 복장을 하고서 구색을 맞추고 있을 뿐이었다. 공주의 말로는 그네들 왕국의 국민들 모두가 여자라는 것이었다. 나는 말로만 듣던 전설 속의 여인왕국 〈아마존〉에 온 것이 아닌가 하여 문득 불안한 생각이 들었다. 나를 씨받이 남자로 삼아 부려먹다가 때가 되면 죽여 버릴지도 모른다는 생각이 들어서였다. 하지만 그녀가 삽입성교를 허락하지 않는 걸 거듭 확인하고 나서 공연한 걱정은 제쳐버리기로 했다. 어쨌거나 나는 순간의 쾌감, 찰나의 진실을 만끽하고 있었다.

다만 궁금했던 것은, 그럼 대체 공주의 아버지는 누구냐는 것이었다. 그래서 나는 공주에게, 당신의 아버지는 대체 어디 계시냐고 조심스럽게 물어보았다. 그랬더니 공주는 배시시 웃으면서 이미 돌아가셨다고 대답하는 것이었다. 내가 더 캐물어보려고 하자 공주는 내 입을 그녀의 입술로 덮어 더 이상 말을 못하게 했다.

나중에 시녀를 통해 알아보니 여왕을 위한 하렘이 따

로 준비되어 있었는데, 그곳에만 남자들이 모여 있었다. 나는 공주에게 간청을 하여 그곳을 몰래 들여다 볼수 있었다. 사내들은 모두 연약한 모습을 하고 있었고, 얼굴 표정이 하나 같이 굳어 있었다. 페니스 하나만큼은 다들 기형적으로 불룩 튀어나와 있는 게 신기했다. 공주에게 캐물어본 결과, 하렘의 남첩(男妾)들은 여왕과 동침한 다음날로 기진맥진 자연사(自然死) 해버린다는 사실을 알 수 있었다.

나는 어쩐지 불길한 예감에 사로잡혀 공주와의 잠자리가 불편해질 수밖에 없었다. 그러자 공주는 곧바로 눈치를 채고서 이렇게 소곤거리는 것이었다.

"당신은 예외니까 절대로 안심하셔도 돼요. 또 그래서 제가 삽입성교를 피하고 있는 거구요."

공주의 말에 안심이 되긴 했지만 어쩐지 꺼림칙한 기분이 들었다. 그래서 나는,

"그럼 왜 날 불러 왔을까?"

하고 공주에게 물었다.

"순전히 손님으로 오신 거예요. 그러니까 당신은 그저 즐겨주시기만 하면 돼요. ……어머님께서 무슨 예감 같은 걸 느끼셨나 봐요. 저희가 당신께 제공해 드리는 쾌락에 쉽게 보답해 주실 수 있는 기회가 머지않아 올 거예요."

알쏭달쏭한 말이었지만 그녀가 더 이상 자세히 말하지 않으려 하므로 나는 내가 속 좁은 남자로 보일까 봐 입을 다물었다. 하지만 그럴수록 자꾸 호기심이 발동하는 것이었다. 또 삽입하려는 충동도 자꾸 몰려왔다. 그래서 나는 한참 있다가 다시 물었다.

"만약에 내가 삽입성교를 하면 나도 하렘의 남첩들처럼 곧바로 죽어버리게 될까?"

"그럴 가능성이 커요. 저희 나라의 자연법칙이 그렇게 되어 있으니까요. 말하자면 저나 어머니의 음기(陰氣)가 너무 센 거지요. …… 하지만 당신은 언제나 생식적(生殖的) 섹스를 비웃고 비생식적(非生殖的) 섹스, 즉 유희적 섹스를 강조해 오지 않으셨어요? 그러니까 삽입성교를 못 한다 하더라도 섭섭해하지 않으실 줄 알았는데요."

"응…… 글에서야 그랬지. 하지만 나도 관습적 성윤리로 오랫동안 세뇌 받아온지라 생식적 섹스로부터 아주 벗어나긴 힘들어. 게다가 당신처럼 기막히게 아름다운 여자를 보면 종족보존의 본능이 나도 모르게 발동하는 걸 느끼게 되지."

"저랑 유쾌하게 노시면서 생식적 섹스에 대한 미련을 아예 떨쳐버리도록 하셔요. 인생은 어차피 고통의 연속인데 군이 생명을 만들어 내는 죄를 지을 필요가 어디 있겠어요? 또 그래야만 변화하는 세상에, 아니 변화하는 성(性)에 적응해 나가시기가 한결 수월해지실 거구요."

"세상의 성(性)이 어떻게 변해가는데?"

"남자들의 정력이 점점 약해져가고 있어요. 당신도 환경호르몬 얘길 들어보신 적이 있으시죠? 환경호르몬 때문에도 그렇고 인구 증가에 대한 집단 무의식적 공포나 여권신장 때문에도 그렇고, 남성들의 정자(精子)는 앞으로 더욱 줄어갈 수밖에 없을 거예요. 그런 상황인데도 대다수의 바보 같은 남자들은 생식적 성교에 더 미련스럽게 집착하고 있지요. 그러다 보면 정력제나 발기유도제 같은 일시적 흥분제는 더욱 날개 돋친 듯 팔려나갈 것이고, 그로 인해 급사(急死)하는 남성들이 늘어나는 것은 물론 남자들의 평균수명이 점점 더 짧아져 갈 게 틀림없어요. '힘에만 의존하는 섹스'는 화를 부를 게 뻔하니까요. …… 당신은 오래오래 살아 남으셔야 해요. 그래야만 당신이 주장하는 유미적 평화주의나 실용적 쾌락주의를 세상에 펼쳐나갈 수 있을 것이고, 또 도덕적 테러리즘이나 수구적 봉건윤리 역시 쳐부술 수 있으실 테니까요."

나는 공주가 나이에 비해 너무나 어른스러운 말만 하는 것에 놀랐다. 그래서 나는 그녀에게,

"나를 너무 치켜올리니까 몹시 쑥스러워지는군. 나는

몹시 지쳐 있어. 또 인간의 이중성에 절망하고 있지. 그래서 앞으로의 계획 같은 것도 없고 싸울 의사도 없어. 그저 남의 간섭 안 받고 관능적 판타지를 즐기고 싶을 뿐이야. …… 아무튼 당신은 좀 이상해. 어쩌면 그렇게 어른스러운 말을 할 수 있지? 대관절 당신의 정체는 뭐야?"

하고 말했다. 그러자 그녀는,

"저는 구름이자 이슬이자 안개예요. 전 당신 마음속에서, 아니 몸속에서 왔어요. 마음이래봤자 뇌(腦)의 대사작용에 불과한 것이고, 뇌 역시 몸의 일부이니까요."

라고 말하며 내 품안으로 거세게 파고드는 것이었다. 나는 그녀의 아리송한 대답에 잠시 정신이 복잡해지는 기분이었다. 하지만 곧이어 베풀어진 그녀의 요변(妖變)스런 혀놀림과 손톱놀림이 나의 이성적 추리를 멈추게 했다.

사람은 간사한 동물이다. 형이하학(形而下學)에 만족할 땐(또는 자신이 있을 땐) 형이상학(形而上學)에 관심을 안 두고, 형이하학을 만족시킬 수 없을 때만 형이상학에 관심을 둔다. 형이상학을 만족시킬 수 없을 때 형이하학에 관심을 두는 일은 없다. 형이상학이란 형이하학적 무력감에 대한 보상심리에서 나온 것이므로, 형이상학이 인간 실존의 근거는 되지 못한다. 아니 '실존'이란 단어 자체가 어쩐지 쑥스럽고 경박하고 사치스럽다. 그냥 '먹고, 자고, 싸기'라고 해 두자.

이러구러 달착지근한 시간이 흘러갔다. 나는 공주와의 연이은 음락(淫樂)에 몸이 흐물흐물해져가는 느낌이었다. 단 둘이서만의 성희에 내가 조금 싫증을 내는 듯싶자. 여왕은 나를 위해 따로 하렘을 하나 마련해주었다. 공주도 내가 하렘의 후궁들과 섞여서 노는 것을 기분 나빠하지 않았고, 자신도 즐거이 다른 궁녀들처럼 마조히스틱한 열락(悅樂)에 동참해주는 것이었다.

어마어마하게 큰 하렘의 한가운데에는 작은 호수만 한 크기의 욕탕이 마련돼 있었다. 투명한 천창(天窓)이 너무 높아 하렘은 마치 야외에 만들어져 있는 것처럼 보였다. 주변에는 잘 손질된 원추형의 나무들이 빽빽하게 늘어서 있었고, 나무들마다에는 탐스럽게 잘 익은 열대과일들이 주렁주렁 매달려 있었다. 그리고 바닥 여기저기에는 아름다운 꽃들이 한껏 음부를 벌려 암술과 수술을 뻗쳐 올리고 있었다.

욕탕의 바닥과 가장자리는 황금과 백금과 옥으로 만든 타일로 덮여 있었는데, 수십 명의 남녀들이 서로 얽히고 설켜 몸을 비비꼬면서 애무하는 모습이 모자이크되어 있었다. 욕탕 바깥의 바닥은 수천 개의 두꺼운 거울로 모자이크되어 있었고, 사이사이에는 자주색과 핑크색을 주조로 하는 화려한 빛깔의 페르시아 융단이 깔려 있었다.

욕탕의 지붕은 여섯 개의 육각형 기둥에 의해 떠받쳐져 있는데, 기둥들은 모두 투명한 크리스털로 만들어져 있었다. 기둥 옆에는 여러 남녀들이 애무하는 모습으로 조각된 수정 스탠드가 있어 은은한 오렌지색 불빛을 내뿜고 있었다. 황금으로 된 욕탕의 지붕은 여인의 풍만한 유방 모양을 하고 있었고, 젖꼭지 부분에는 엄청나게 커다란 다이아몬드가 박혀 있어 열대 오후의 나른한 햇살을 갖가지 찬란한 빛깔로 반사시켜주고 있었다.

지붕의 안쪽은 모자이크로 만들어진 거울로 되어 있어 여러 개의 거울들이 서로를 끊임없이 반사시켜 무수히 신비로운 상(像)을 만들어냈다. 욕탕 위의 높디높은 천창에서는 루비와 사파이어 등 갖가지 보석으로 만들어진 샹들리에들이 꽃 모양의 전구들을 머금고 뻗어 내려와 흡사 성근 은하수를 보고 있는 것 같았다.

욕탕은 기분 좋은 온도의 향기나는 물로 채워져 있었고, 욕탕 한가운데에서는 핑크빛 대리석으로 만들어진 거대한 분수가 물을 방울방울 뿜어 올리고 있었다. 분수는 위로 높이 쳐든 여인의 엉덩이 모습을 하고 있었고, 항문에서 서서히 흘러나오는 물방울들은 물이 아니라 꿀맛이 듬뿍 스민 향기로운 술이었다. 욕탕 주변에 있는 만개한 꽃들과 잘 익은 과일에서 풍겨 나오는 감미로운 냄새, 그리고 분수에서 흘러나오는 술의 고혹적인 알코올 향(香)이 뒤섞이면서, 욕탕 안은 더욱 신비롭고 몽롱한 분위기를 만들어냈다.

하렘에서의 하루를 한 번 묘사해보자. 욕탕 밖에서는 수십 명의 발가벗은 여인들이 나태한 자세로 누워 오후의 햇살을 즐기고 있다. 그네들 가운데는 서로 얽히고 설켜 애무하면서, 바닥의 거울이 반사해내는 자신들의 황홀한 나신을 도취된 눈빛으로 바라보고 있는 여자들도 있다.

여자들은 뒷굽의 높이가 15센티미터는 됨직한 황금빛 뾰족 샌들을 신고 있을 뿐인데, 가지가지 색깔의 탐스러운 머리카락들이 길게 웨이브지며 흘러내려와 하얀 유방과 곱슬거리는 음모와 탐스럽게 부풀어오른 엉덩이들을 가려주고 있다.

한 여인이 길디긴 손톱을 부챗살처럼 길게 뻗어 머리카락을 뒤로 빗어 넘기자, 보름달 같은 유방의 농염한 자태가 드러난다. 젖꼭지에는 둥근 황금 고리가 꿰어져 있고, 고리 아래로 늘어진 체인 끝에 매달린 금방울들은 살랑살랑 흔들거리며 명량(明亮)한 소리를 만들어 내고 있다.

욕탕 안에서는 수십 명의 여인들이 알몸뚱이로 물에 몸을 반 쯤 담근 채 앉아 있다. 대리석으로 깎아 빚어 만든 듯한 늘씬한 다리들은 물 아래에서 뒤엉켜 서로를 마찰해 주고 있고, 길고 가느다란 색색가지 음모들이 물풀처럼 살랑대며 춤을 추고 있다.

중앙의 분수에서 느릿느릿 뿜어져 나오는 작은 물방울들이 여인들의 몸을 간질인다. 그로테스크한 색조로 짙게 화장한 얼굴들과 껍질을 벗긴 핑크빛 수박 덩어리 같은 유방들이 반쯤은 물에, 반쯤은 향기로운 술에 젖어 반짝거리고 있다. 여인들은 가끔씩 유방에 방울방울 맺혀 있는 술을 서로가 혀끝으로 핥아먹으며 음탕한 추파를 흘리고 있다.

욕탕 바깥의 페르시아 융단 한 모퉁이에서는 십여 명의 여인들이 서로 화장을 해주고 있다. 한 여인이 상대방 여인의 속눈썹을 은색의 펄(pearl) 마스카라로 한 올 한 올 정성껏 올려주고 있는 게 보인다. 은빛 콘텍즈 렌즈를 낀 여인의 눈동자는 은색의 펄 속눈썹과 함께 신비스런 분위기를 발산한다. 여인은 붉은 포도주 색깔의 립스틱이 자기의 입술에 진하게 발라지는 동안 입술을 백치처럼 멍하니 벌리고 있다.

얼굴 화장이 끝나자 몸 화장이 시작된다. 흑장미색의 립스틱이 양쪽 유두에 칠해지고, 짙은 꽃분홍색의 액체 파운데이션이 하얀 유방 위에 부드러운 동심원을 그리며 칠해져나간다. 배꼽 주변에도 물감을 칠한 후, 이번에는 두 다리 사이의 거웃이 손질된다. 손가락 길이만큼 길러 황금색 매니큐어를 칠한 긴 손톱을 조심스럽게 움직이면서 상대방 여인의 음모를 정성껏 손질해주고 있는 궁녀의 손놀림이 곱다.

곱슬거리는 연한 갈색의 음모는 황금빛 손톱이 스쳐 지나가면서 화려한 무지개 색으로 염색되고, 곧이어 막 세팅한 머리처럼 봉곳이 부풀어 오른다. 음모 손질을 끝낸 궁녀는 상대방 여인의 불두덩에 살짝 입맞춤을 하고 나서, 음순에는 진주로 된 음순걸이를, 항문에는 묘안석(猫眼石)으로 된 항문걸이를 달아준다. 그런 다음 두 몸이 한데 엉켜 요동을 친다.

하렘의 나무 사이를 거닐며 열매를 따거나 꽃을 꺾고 있는 여인들도 있다. 그들은 다른 여인들과는 달리 투명한 옷감으로 된 드레스를 입고 있는데, 걸음을 걸으면서 몸의 각도를 바꿀 때마다 젖가슴의 볼륨과 음모의 반짝임, 하늘거리는 허리선과 부드러운 둔부의 곡선이 잠자리 날개 같은 옷감을 통해 보일 듯 말 듯 내비친다.

그네들 역시 맨발에 굽 높은 샌들을 신고 있다. 타원형을 이루며 둥글게 아래로 말려들어간 긴 발톱들이 샌들 앞부분으로 나와 있고, 발톱들은 노란색, 빨간색, 보라색, 분홍색, 연두색, 복숭아색, 은색, 금색 등 여러 가지 색깔의 매니큐어로 손질되어 있다. 샌들의 앞굽을 발톱 길이에 맞춰 높게 만들었지만, 휘어들어간 발톱들이 워낙 길기 때문에 걸을 때마다 바닥에 부딪치지 않도록 조심해야 한다. 그래서 그런지 여인들의 발놀림은 무척이나 느리고 권태스러워 보인다. 과일이나 꽃을 따고 있는 손톱들도 둥글게 말려들어갈 정도로 길다. 갖가지 색깔로 손톱에 칠해진 펄 섞인 매니큐어들이 일제히 햇빛에 반사되어 눈부시게 빛나고 있다.

　나와 공주는 카펫 위에 있는 상아 침상에서 푹신한 금빛 보료에 묻혀 나란히 누워 있다. 나는 한 궁녀가 땀을 뻘뻘 흘리며 해 주는 보디마사지를 받고 있고, 공주는 미풍에도 출렁거릴 정도로 얇고 긴 손톱들을 궁녀 두 명에게 손질시키고 있다.

　보디마사지가 끝나자 방금 온몸에 화장을 끝낸 여인이 내게로 천천히 걸어온다. 그녀가 발걸음을 옮길 때마다 귀걸이, 코걸이, 팔찌, 발찌, 반지, 젖꼭지걸이, 음순걸이, 항문걸이 등에 매달린 금방울들이 꿈결 같은 소리를 만들어낸다. 여인은 내 앞에 오자 무릎을 꿇고 서 내 발에 입 맞춘 후, 서서히 혓바닥을 옮겨 나의 온 몸을 혀끝으로 살살 핥아주기 시작한다. 공주 역시 손 톱 손질을 끝내고서 한 궁녀가 해주는 혓바닥 마사지를 받고 있다.

혓바닥 마사지가 끝나자 나는 궁녀 두 명의 부축을 받으며 천천히 발걸음을 옮겨 욕탕 안으로 들어간다. 물속에 반쯤 몸을 담그자 한 여인이 분수로 가서 입 안 가득히 술을 받아 머금고 온다. 그녀의 긴 핑크빛 머리 칼과 진주빛 시폰 드레스는 물에 젖어 몸에 찰싹 달라 붙어 있다. 그녀가 내 쪽으로 몸을 움직일 때마다 몸에 달라붙은 드레스를 통해 어렴풋이 엿보이는 핑크빛 젖 가슴과 연두색 불두덩이 물결치듯 움직이고 있다.

여인은 입 안에 머금고 있는 술을 내 입 안에 흘려 넣 어준다. 나는 그녀의 입 안에서 적당히 따뜻해진 술의 향기를 음미하면서 여인의 젖꼭지를 장난치듯 꼬집어 본다. 여인은 적포도주색 매니큐어가 칠해진 긴 손톱으 로 나의 머리를 천천히 쓰다듬어주면서 꿈꾸는 듯 황홀 한 표정을 짓는다.

그러는 동안 또 다른 궁녀 한 명은 물속에서 붉은 입 술을 벌려 내 페니스를 부드럽게 키스해주고 있다. 물 위에 둥실 떠서 넘실거리는 그녀의 은빛 머리카락이 나의 아랫배를 간질인다. 내 뒤로 다시 두 명의 궁녀가 춤추듯 다가와 그녀들의 풍만한 젖가슴을 내 등에 밀착시킨다. 그런 다음 내 어깨가 편히 쉴 수 있도록 기분 좋은 쿠션을 만들어주고 있다.

공주가 천천히 내 쪽으로 기어와 욕탕 안으로 들어온다. 그녀의 손에는 방금 딴 꽃 한 송이가 쥐어져 있다. 공주는 내 앞에 있는 여인의 음순에 꽃을 꽂아준다. 그러고 나서 내게 오랫동안 입을 맞춘다.

그때 지금까지 방울방울 술을 뿜어내던 분수가 문득 비눗방울을 쏟아내기 시작한다. 보라색, 하늘색, 노란색, 오렌지색, 비취색 비눗방울들이 투명하고 영롱한 빛을 발하며 은은한 음악소리에 맞춰 사방으로 퍼져나간다. 욕탕 안의 여인들은 해사한 웃음을 흘리며 비눗방울을 쫓아가 입에 머금으면서 오르가즘에 젖은 표정들을 한다. 샹들리에 불빛을 받은 비눗방울들은 더욱더 신비한 빛을 발하며 여인들의 농염한 나신을 에워싸나가고 있다……

나는 이런 식으로 관능의 황홀경에 빠져 세상의 온갖 시름을 잊고 있었다. 그러던 어느 날이었다. 공주 및 궁녀들과의 연이은 성희에 지쳐 기분 좋은 피로감을 느끼며 잠에 빠져 들려는 순간, 갑자기 문을 두드리는 소리

가 나며 헐레벌떡 내시 한 명이 들어왔다. 그러고는,

"요괴(妖怪)가 국경을 침범해 들어왔습니다. 여왕님은 편전 쪽으로 피신하셨습니다. 어서 빨리 이곳을 피하십시오!"

하고 다급한 어조로 말하는 것이었다. 그래서 나는 영문도 모르는 채 공주의 손에 이끌려 여왕이 있는 곳으로 갔다. 그러자 여왕은 내 손을 꼭 붙잡고서 울음 섞인 목소리로 이렇게 말하는 것이었다.

"선생님께서 내 딸을 사랑해 주셔서 정말 고마웠습니다. 언제까지나 함께 열락을 즐기며 살 생각이었는데, 뜻밖에 하늘의 재화(災禍)가 내려 나라가 뒤집히려 합니다."

그러고 나서 여왕은 내게 국경 수비대장으로부터 날아온 보고서를 보여주었다. 보고서의 내용은 대략 이런 것이었다.

…… 수상한 요괴가 국경에 출몰하여 지금 수많은 양민을 살육하고 있습니다. 그 요괴는 벌써 10만여 명의 백성들을 잡아먹거나 죽였으며, 그가 지나간 마을들을 모두 폐허로 변해버리게 했습니다. 신(臣)이 용기를 내어 요괴의 형편을 몰래 살펴본즉, 머리는 산악(山岳)과도 같고 눈은 태양만한 불덩이 같았

으며, 아가리를 벌리면 아무리 큰 집채도 한 입에 집어삼키고, 허리를 펴면 성곽이 모두 무너질 기세를 가지고 있었습니다. 실로 천고에 보지 못한 흉물이며 만대(萬代)에 당해보지 못한 화(禍)라 하겠습니다. 종묘사직의 붕괴가 조석으로 임박하고 있는 게 사실이오니, 바라옵건대 폐하께서는 조속히 황족을 거느리시고 안전한 곳으로 천도(遷都)하시어 국가의 명맥을 보존하시옵소서……

벌써부터 궁전 안은 울부짖는 소리로 가득하고, 궁녀들과 내시들이 허둥대며 보따리를 싸고 있었다. 나는 뭐가 뭔지 도무지 알 수가 없어 그저 멍하니 서 있을 수밖에 없었다. 그러자 여왕은 눈물을 머금은 눈으로 나를 바라보며,

"공주는 마 선생님께 부탁하겠습니다."

라고 말하는 것이었다. 공주 역시 창백해진 얼굴로 내 옷소매를 붙잡고 매달리며 이렇게 말했다.

"여보, 저를 어떻게 해 주시겠어요?"

나는 정신이 얼떨떨해진 상태라 뭐라고 대꾸를 해 줄 수가 없었다. 공주가 재차 재촉하자 그제서야 정신을 차린 나는,

"우선 내가 거처하고 있던 별장으로 갑시다. 하지만

그곳은 이곳 궁전에 비해 너무나 초라한데 그래도 괜찮겠소?"

하고 대답했다. 그러니까 공주는,

"위급할 때 이것저것 가리고 자실 게 어디 있겠어요? 아무쪼록 빨리 데리고만 가 주세요."

라고 말하며 발을 동동 구르는 것이었다.

그래서 나는 공주의 손을 잡고 열 명의 시녀들과 함께 궁을 빠져나왔다. 한참을 걸어 내려와 내가 거처하고 있던 집에 도착하니 그제서야 공주는 안심하는 낯빛을 하며 안도의 한숨을 내쉬었다. 그러고는,

"이곳이라면 안심할 수 있습니다. 제가 살던 궁전보다 훨씬 더 좋아요. 하지만 저는 그렇다 치고, 어머님과 궁인 (宮人)들이 걱정이에요. 제발 제 어머님을 위해 따로 한 채 궁전을 지어주셔요."

라고 말하며 내 무릎에 매달려 한없는 키스를 퍼붓는 것이었다. 나는 갑자기 궁전을 지어 놓으라는 요청에 어이가 없어 공주를 물끄러미 내려다 볼 수밖에 없었다. 내가 계속 그러고 있자 공주는 큰 소리로 울부짖으면서,

"가족의 위급을 구할 수 없는 바에야 남편은 가져서 무엇 하겠습니까?"

라고 말하는 것이었다.

나는 정신이 점점 더 혼란스러워졌다. 하지만 잠시 후 정신을 수습하고 나서 그렇게 해 보겠다고 대답하여 일단 공주를 진정시켰다.

나는 집 밖으로 나와 여기저기 거닐며 생각에 잠겼다. 하지만 그저 마음만 초조할 뿐 별 뾰족한 수가 생각나지 않았다. 하지만 너무나도 고혹적인 공주의 모습을 생각하니, 공주의 청을 물리쳐 그녀가 내 곁을 떠나버리고 나면 내가 상사병으로 죽어버릴 것만 같은 예감이 들었다.

이렇게 삼십분쯤 어슬렁거리며 고민에 빠져 있다가 다시 집으로 돌아와 보니 공주와 시녀들이 보이지 않았다. 나는 그예 다들 떠나버렸구나, 하고 낙심하며 슬픔에 잠겨 있었다. 슬픔이 깊어질수록 공주의 풍만한 유방과 하늘거리는 긴 손톱이 생각나 나를 더욱 비탄속에 빠뜨리는 것이었다.

그러고 있는 중에 문득 이상한 소리가 내 귀에 들려왔다. 들릴 듯 말 듯 아주 작은 소리라서 나는 귀에 신경을 모으고 소리의 진원을 추적해 보았다. 아주 가냘프긴 하지만 그 소리는 아무래도 훌쩍훌쩍 우는 여인의 울음소리 같았다. 하지만 아무리 사방을 둘러봐도 공주의 모습은 보이지 않는 것이었다.

다시금 방 안을 찬찬히 훑어보니 벽난로 위에 열한 마리의 벌이 앉아 있는 게 눈에 띄었다. 벌들은 내가 자기네를 알아보자마자 내 소매와 옷 사이로 휘감기면서 나를 어디론가 안내하려는 듯한 동작을 했다. 그제야 나는 사라 공주가 벌이라는 것을 알 수 있었고, 내가 초대받아 갔던 곳이 큰 벌집이었다는 것을 깨달을 수 있었다.

나는 벌들을 따라 밖으로 나와 한참을 걸었다. 그랬더니 벌들은 어느 으슥한 숲 속의 오래된 느티나무 가지에 앉아 움직이지를 않는 것이었다.

나는 공주의 청을 알아차리고서 아랫동네로 내려와 양봉을 하는 사람 집에 들러 큰 벌통 하나를 구했다. 그런 다음 다시 숲 속으로 올라가 벌통을 느티나무 가지 사이에 고정시켜 주자 수천 수만의 벌들이 당장 몰려들기 시작했다. 그래서 벌들이 날아오는 쪽을 더듬어 가보았더니 커다란 느티나무 밑동에 파진 커다란 구멍 속이었다. 구멍 속을 들여다보니 열자가 넘는 커다란 구렁이가 도사리고 있었다. 나는 동네의 땅꾼을 불러다가 구렁이를 당장 처치하도록 했다.

일을 끝내고 난 후 나는 이제 공주와 다시 만나긴 힘들겠구나, 하고 생각하며 쓸쓸하게 아쉬운 마음을 품고 별장으로 돌아왔다. 그런데 현관문을 여는 순간, 공주가 빵긋 웃으며 나를 즐겁게 맞아 주는 것이 아닌가. 방 안은 어느새 으리으리한 하렘으로 변해 있었고, 공주와 시녀들 역시 화려와 사치의 극을 달리는 옷차림과 장신 구를 하고 있었다. 공주는 나를 얼싸안으면서,

"정말 정말 감사드려요. 저는 이제 평생 동안 당신의 노예가 되어 은혜에 보답하겠어요."

하고 달콤한 음성으로 속삭이는 것이었다.

그 뒤로 나의 생활은 기막힌 즐거움의 연속이었다. 그림 그리는 일 역시 잘 되어주었는데, 공주와 시녀들 이 모델이 돼주었기 때문이었다. 남의 이목에 신경 쓸 일도 없었다. 혹시라도 누군가 별장 안으로 들어오면 집 안은 다시금 조촐한 작업실로 변해버리고, 공주와 시녀들 역시 벌로 변해 한 쪽 구석에 얌전히 앉아 있었 기 때문이었다.

로얄제리만 먹고 커서 그런지 공주는 음력(陰力)이 대단했다. 삽입성교를 하지 않다 보니 음력이란 음력을 모두 혀끝과 젖꼭지와 손톱 끝에다 모아 기막힌 기교로 나를 천상(天上)의 엑스터시 속에서 해롱거리게 하는 것이었다.

석 달이 지난 후 나는 전시회용 그림이 그럭저럭 마 무리되어 별장을 떠날 수밖에 없었다. 그래서 공주와

시녀들도 나를 따라 서울로 왔다. 공주 일행이 들어서자 내 아파트 안이 화려한 하렘으로 변한 건 물론이었다. 나는 내 방안에 앙증맞은 모양의 예쁜 벌집을 하나 만들어주었다. 물론 손님이 찾아 왔을 때에 대비하기 위한 것이었다.

전시회가 열리자 공주의 얼굴을 그린 유화 「금빛 눈의 여자」는 전시회 중 가장 인기를 끌었다. 공주는 일반 관람객으로 가장하고 전시회 오프닝 파티 때 나타났는데, 그녀의 휘청거리는 몸맵시와 그로테스크하게 요염한 미모, 그리고 날렵하게 긴 손톱·발톱은 뭇사람들의 시선을 끌었다. 다들 그녀의 정체를 궁금해 하면서 침을 질질 흘리는 것이었다.

몇 달 후 나는 『사라를 위한 변명』이라는 에세이집을 내게 됐는데, 공주의 초상인 「금빛 눈의 여자」를 다시 표지 그림으로 써서 독자들한테 강렬한 인상을 주었다. 그리고 몇년 후에 신작 시집 『사랑의 슬픔』을 내게 됐을 때, 공주의 얼굴을 바라보며 쓴 시 「사라에게」를 수록해 넣었다. 이 시에 나오는 '사라'는 사라 공주의 이미지에다가 소설 『즐거운 사라』에 나오는 사라의 이미지를 한데 합쳐 형상화시킨 것이다. 이제 그 시를 소개하면서 이야기를 끝낼까 한다. 아 참, 이 글을 쓰는 동

안에도 사라 공주는 줄곧 내 곁에 들러붙어 아랫도리를
펠라티오 해주고 있었다는 사실을 부기(附記)해둔다.

　너를 처음 보았을 때
　네 인상이 너무 강렬해서 나는 눈을 뗄 수 없었다.

　눈빛이 너무 그윽했다
　멀리 허공을 응시하고 있는 듯한 독특한 눈초리였다
　세상의 눈[目]이란 눈이 다 한데 모여 있는 것 같았다

　얼굴의 피붓빛이 너무 고왔다
　얇게 가로퍼진 입술과 오뚝한 콧날이
　창백한 음영(陰影)을 만들어 내어
　너를 마치 안개꽃처럼 보이게 했다.

　너의 이름은 '사랑'에서 '이응[ㅇ]' 자가 빠진 것
　그 이응[ㅇ] 자를 내가 다시 채워넣고 싶다
　'슬픈 사라'를 '즐거운 사라'로 만들어 주고 싶다
　'슬픈 사랑'을 '즐거운 사랑'으로 만들어 주고도 싶다

　오 사라, 오 사라의 눈, 오 사라의 사랑!

■■■■ 마광수 약력

1951년   3월 10일(음력), 가족이 한국 전쟁 중 1·4 후퇴
         때 잠시 머문 경기도 수원에서 출생. 본적은
         서울.

1963년   서울 청계초등학교 졸업. 대광중학교 입학.

1969년   대광고등학교 졸업. 연세대학교 국문학과 입학.

1973년   연세대학교 국문학과 졸업. 연세대 대학원 국
         문학과 입학.

1975년   연세대 대학원 국문학과 졸업(문학석사).
         방위병으로 군 복무.

1976년   연세대 대학원 국문학과 박사과정 입학.
         이후 1978년까지 연세대, 강원대, 한양대 등 시
         간강사 역임.

1977년   『현대문학』에 「배꼽에」 「망나니의 노래」 「고구
         려」 「당세풍의 결혼」 「겹」 「장자사(莊子死)」
         등 6편의 시가 박두진 시인에 의해 추천되어
         문단에 데뷔.

1979년   홍익대학교 국어교육과 전임강사로 취임.
         1982년 조교수로 승진.

1980년   처녀시집 『광마집狂馬集』을 심상사에서 출간.

1983년   연세대 대학원에서 「윤동주 연구」로 문학박사

학위 받음. 학위논문 『윤동주 연구』를 정음사
(2005년 개정판부터 철학과현실사)에서 단행
본으로 출간.

1984년   연세대학교 국문학과 조교수로 취임. 1988년
부교수로 승진.
시집 『귀골(貴骨)』을 평민사에서 출간.

1985년   문학이론서 『상징시학』을 청하출판사(2007년
개정판부터 철학과현실사)에서 출간.

1986년   문학이론서 『심리주의 비평의 이해』를 청하출
판사에서 출간.

1987년   평론집 『마광수 문학론집』을 청하출판사에서
출간.
문학이론서 『시창작론』을 오세영 교수와 공저로
방송통신대학 출판부에서 출간.

1989년   에세이집 『나는 야한 여자가 좋다』를 자유문
학사(2010년 개정판부터 북리뷰)에서 출간.
시선집 『가자, 장미여관으로』를 자유문학사에
서 출간.
5월부터 『문학사상』에 장편소설 『권태』를 연
재하여 소설가로서의 활동을 시작함.

1990년   장편소설 『권태』를 문학사상사에서 출간(2011
년 개정판부터 책마루에서 출간).
에세이집 『사랑받지 못하여』를 행림출판사에

서 출간.

장편소설 『광마일기(狂馬日記)』를 행림출판사
(2009년 개정판부터는 북리뷰)에서 출간.

1991년   1월에 이목일, 이외수, 이두식 씨와 더불어 서
울 동숭동 '나우 갤러리'에서 〈4인의 에로틱
아트전〉을 가짐.

문화비평집 『왜 나는 순수한 민주주의에 몰두
하지 못할까』를 민족과 문학사(재판부터는 사
회평론사)에서 출간.

장편소설 『즐거운 사라』를 서울문화사에서 출간.
간행물윤리위원회의 제재로 출판사에서 자진
수거 · 절판됨.

1992년   에세이집 『열려라 참깨』를 행림출판사에서 출간.

장편소설 『즐거운 사라』 개정판을 청하출판사
에서 출간.

10월 29일, 『즐거운 사라』가 외설스럽다는 이
유로 검찰에 의해 전격 구속되어 서울구치소에
수감됨.

12월 28일, 『즐거운 사라』 사건 1심에서 징역
8월에 집행유예 2년 판결을 받음.

1993년   2월 28일, 연세대학교에서 직위해제됨.

1994년   1월에 서울 압구정동 다도 화랑에서 첫번째
개인전 가짐. 유화, 아크릴화, 수묵화 등 70

여점 출품.

『즐거운 사라』 일본어판이 아사히 TV 출판부에서 번역 · 출간됨.

문화비평집 『사라를 위한 변명』을 열음사에서 출간.

7월 13일, '즐거운 사라' 사건 2심에서 항소 기각 판결을 받음.

1995년   '즐거운 사라' 필화사건의 진상과 재판과정, 마광수의 문학세계 분석 등을 내용으로 연세대 국문학과 학생회가 쓰고 엮은 『마광수는 옳다』가 사회평론사에서 출간됨.

6월 16일, '즐거운 사라' 사건 대법원 상고심에서 상고 기각 판결 받음. 동시에 연세대학교에서 해직되고 시간강사로 됨.

철학에세이 『운명』을 사회평론사(2005년 개정판부터 『비켜라 운명아, 내가 간다!』로 제목을 바꿔 오늘의책)에서 출간.

1996년   장편소설 『불안』을 도서출판 리뷰앤리뷰(2011년 개정판부터 제목을 『페티시 오르가즘』으로 바꿔 Art Blue)에서 출간.

1997년   장편에세이 『성애론』을 해냄출판사에서 출간.

문학이론서 『시학』을 철학과현실사에서 출간.

문학이론서 『카타르시스란 무엇인가』를 철학과현

실사에서 출간.

시집 『사랑의 슬픔』을 해냄출판사에서 출간.

1998년　　장편소설 『자궁 속으로』를 사회평론사(2010
년 개정판부터 『첫사랑』으로 제목을 바꿔 북
리뷰)에서 출간.

3월 13일에 사면·복권되고 5월 1일에 연세대
교수로 복직됨.

에세이집 『자유에의 용기』를 해냄출판사에서
출간.

1999년　　철학에세이 『인간론』을 철학과현실사에서 출간.

2000년　　장편소설 『알라딘의 신기한 램프』를 해냄출
판사에서 출간.

7월에 이른바 〈교수재임용 탈락 소동〉이 국
문학과 동료교수들의 집단 따돌림으로 일어
나, 배신감으로 인한 심한 우울증에 걸려 3
년 반 동안 연세대를 휴직함.

2001년　　문학이론서 『문학과 성』을 철학과현실사에서
출간.

2003년　　강준만 외 5인이 쓴 『마광수 살리기』가 중심출
판사에서 나옴.

2005년　　에세이집 『자유가 너희를 진리케 하리라』를
해냄출판사에서 출간.

장편소설 『광마잡담(狂馬雜談)』을 해냄출판

사에서 출간.

6월에 서울 인사동 인사 갤러리에서 〈마광수 미술전〉을 가짐.

장편소설 『로라』를 해냄출판사에서 출간.

2006년　2월에 일산 롯데마트 갤러리에서 〈마광수·이목일 전〉을 가짐.

시집 『야하디 얄라숑』을 해냄출판사에서 출간.

문학론집 『삐딱하게 보기』를 철학과현실사에서 출간.

산문집 『마광쉬즘』을 인물과사상사에서 출간.

장편소설 『유혹』을 해냄출판사에서 출간.

2007년　1월에 〈色色을 밝히다〉 전시회를 서울 인사동 북스 갤러리에서 가짐.

시집 『빨가벗고 몸 하나로 뭉치자』를 시대의 창에서 출간.

4월에 소설 『즐거운 사라』를 인터넷 홈페이지에 올렸다는 이유로 기소되어 벌금 200만원 형을 판결받음.

7월에 미국 뉴욕 Maxim 화랑에서 〈마광수 개인전〉을 가짐.

에세이집 『나는 헤픈 여자가 좋다』를 철학과현실사에서 출간.

문화비평집 『이 시대는 개인주의자를 요구한다』

를 새빛에서 출간.

2008년 문화비평집 『모든 사랑에 불륜은 없다』를 에 이원북스에서 출간.

단편소설집 『발랄한 라라』를 평단문화사에서 출간.

중편소설 『귀족』을 중앙북스에서 출간.

2009년 연극이론서 『연극과 놀이정신』을 철학과현실 사에서 출간.

소설집 『사랑의 학교』를 북리뷰에서 출간.

4월에 서울 청담동 순수 갤러리에서 〈마광수 미술전〉을 가짐.

2010년 시집 『일평생 연애주의』를 문학세계사에서 출간.

2011년 장편소설 『돌아온 사라』를 Art Blue에서 출간.

2월에 〈소년, 광수 미술전〉를 서울 서교동 '산 토리니 서울' 갤러리에서 가짐.

에세이집 『더럽게 사랑하자』를 책마루에서 출간.

5월에 〈마광수 초대전〉을 서울 삼청동 연 갤러리에서 가짐.

화문집(畵文集) 『소년 광수의 발상』을 서문당 에서 출간.

산문집 『마광수의 뇌 구조』를 오늘의책에서 출간.

장편소설 『미친 말의 수기』를 꿈의열쇠에서

출간.

장편소설 『세월과 강물』을 책마루에서 출간.

장편소설

세월과 강물

마광수 지음

발행처 · 도서출판 **책마루**

발행인 · 박영봉

편집고문 · 김가배

편집 · 김성배 | 박혜숙

인쇄 · 훈컴

등록 · 2009년 1월 2일 제389-2009-000001호

2011년 9월 25일 초판 1쇄 발행

주소 422-240 경기도 부천시 소사구 심곡본동 539-9 (3층)

대표전화 070-8774-3777

010-2211-8361

팩스 032-652-7550

http://cafe.daum.net/chaekmaru

E-mail · seepos@hanmail.net

ISBN · 978-89-96338-47-5 (03800)

이 책의 저작권은 저자와 도서출판 책마루에 있습니다.
무단 전재와 복제를 금합니다.